U0066638

瑞蘭國際

瑞蘭國際

瑞蘭國際

瑞蘭國際

史上最強！
制霸旅遊的日語完全攻略！

旅日旅遊達人　林潔珏　著・攝影

作者序

學日語就是要實用，能夠現學現賣，才是成功的不二法門！

回想第一次到日本的時候，雖然日語尚屬生澀，但還是很努力用自己有限的日語和日本人溝通，從中我發現到用當地語言和在地人交流，絕對是出國旅遊的一大樂趣，而且會有小小的成就感。回臺之後，更燃起我對學習日語的熱情。當時的感動，至今仍記憶猶新，很想把這個感動與大家分享，因此從我出的第一本日語學習書到現在，始終堅持著一個理念，那就是內容一定要實用，能夠讓讀者現學現賣，有了成就感，學習起來才會帶勁。

媒體與交通的發達，縮短了臺灣與日本的距離，使雙方的交流更趨頻繁。相信有很多朋友對日本感到興趣，或想前往日本一探究竟。希望這個契機，能夠啟發大家學習日語的動機，只要有興趣、有明確的目標，一定學得起來，這也是我寫這本書的初衷。

本書內容涵蓋搭機、通關、交通、住宿、美食、觀光娛樂、購物、困擾等各種情境會使用到的單字和語句。為了讓讀者讀起來更輕鬆、更方便記憶、更具實用性，還有淺顯易懂的句型介紹、文法解析，以及豐富的圖文和旅遊資訊。基本上雖然這是一本以旅遊為主題的日語學習書，但也包含了日常生活會話實用的語彙與句型，而且能夠獲得不少日本在地的情報，相信讀起來不會感到無趣。

我在因緣際會之下，展開了長久旅居日本的生活，身為日文系的畢業生，一直抱持著一個理想，那就是透過我在日本生活的親身體驗與心得，對臺日兩方的交流盡一己綿薄之力。如果這本書能對大家有幫助，將是我最大的榮幸。最後借這個地方，感謝出版社同仁的協助與家人的支持。此外，對日本生活有興趣的朋友，也歡迎至如下網站分享我在日本生活的點滴。

Instagram：chiehwalin

Facebook：Chieh Wa Lin

部落格：WAWA的新家 http://chiehchueh2.pixnet.net/blog

如何使用本書

17
機上・機場篇

01 機上・機場篇

お飲み物はいかがですか。
要不要來點飲料呢？

お茶をください。
請給我茶。

簡單的擬真會話

每種情境一開始都有一問一答的簡單擬真對話，讓您一眼就清楚此情境的相關內容！

8種實際旅遊情境

精選8種旅遊日本一定會遇到的場景，包含「機上・機場篇」、「住宿篇」等等，不管遇到哪種場景都不怕！

MP3-001

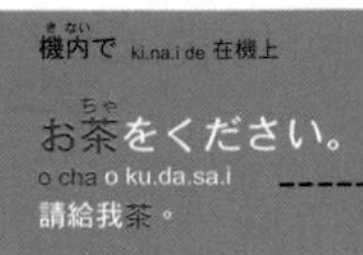

機內で ki.na.i de 在機上

お茶をください。

o cha o ku.da.sa.i

請給我茶。

說明

「お茶」的「お」為接頭語，後接名詞，有美化單字的功能，適用於固有和語，若是受漢語影響的名詞就必須使用「ご」，如「ご飯」（飯）。「～をください」是「請給我～」的意思，不論是購物或要求服務都用得到，是旅日使用機率極高的基本句型。

把下面的單字套進去說說看

コーヒー
ko.o.hi.i
咖啡

サイダー
sa.i.da.a
汽水

コーラ
ko.o.ra
可樂

74句實用句型

每種情境下都有5～10句旅行最常用到的句型，8種情境共74句最實用的句型，每一句型只要套入各種單字，立即就能說出上百句日語！

說明

淺顯易懂的句型介紹、文法解析，讓您深入了解句型用法及風俗習慣，學習既有效率又有趣！

把下面的單字套進去說說看

在句型之後挑選出6～20個最相關、最生活的單字，不管是套入句型，或是只說單字，都能達到快速溝通的效果！

實境照片

每種情境皆附大量實境照片，讓您一邊學習，一邊搭配照片輔助記憶，學習效果加倍！

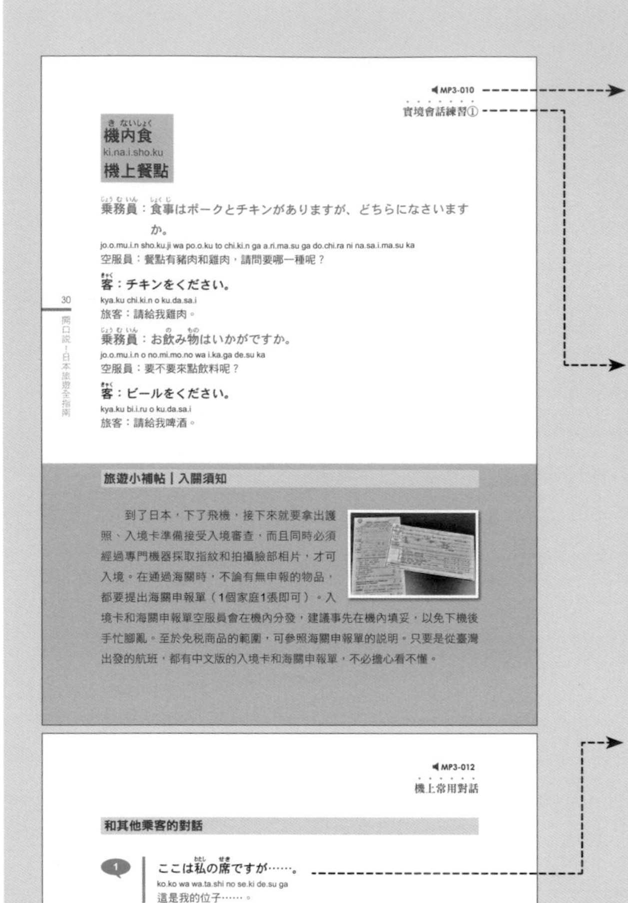
MP3-010
實境會話練習①

機内食（きないしょく）
ki.na.i.sho.ku
機上餐點

乘務員（じょうむいん）：食事（しょくじ）はポークとチキンがありますが、どちらになさいますか。
jo.o.mu.i.n sho.ku.ji wa po.o.ku to chi.ki.n ga a.ri.ma.su ga do.chi.ra ni na.sa.i.ma.su ka
空服員：餐點有豬肉和雞肉，請問要哪一種呢？

客（きゃく）：チキンをください。
kya.ku chi.ki.n o ku.da.sa.i
旅客：請給我雞肉。

乘務員（じょうむいん）：お飲（の）み物（もの）はいかがですか。
jo.o.mu.i.n o no.mi.mo.no wa i.ka.ga de.su ka
空服員：要不要來點飲料呢？

客（きゃく）：ビールをください。
kya.ku bi.i.ru o ku.da.sa.i
旅客：請給我啤酒。

30 開口說！日本旅遊全指南

旅遊小補帖｜入關須知

到了日本，下了飛機，接下來就要拿出護照、入境卡準備接受入境審查，而且同時必須經過專門機器採取指紋和拍攝臉部相片，才可入境。在通過海關時，不論有無申報的物品，都要提出海關申報單（1個家庭1張即可）。入境卡和海關申報單空服員會在機內分發，建議事先在機內填妥，以免下機後手忙腳亂。至於免稅商品的範圍，可參照海關申報單的說明。只要是從臺灣出發的航班，都有中文版的入境卡和海關申報單，不必擔心看不懂。

MP3序號

特別邀請日籍名師錄製標準東京腔，配合MP3學習，旅遊日語聽、說一本搞定！

實境會話練習

每種情境均有2篇擬真的生活會話，將最萬用的句型、最生活的單字組合進會話中，跟著說、照著唸，讓您用日語溝通無障礙！

MP3-012
機上常用對話

和其他乘客的對話

1. **ここは私（わたし）の席（せき）ですが……。**
ko.ko wa wa.ta.shi no se.ki de.su ga
這是我的位子……。

2. **私（わたし）と席（せき）を替（か）わっていただけませんか。**
wa.ta.shi to se.ki o ka.wa.t.te i.ta.da.ke.ma.se.n ka
可不可以請你和我換位子呢？

3. **席（せき）を替（か）わりましょうか。**
se.ki o ka.wa.ri.ma.sho.o ka
要換位子嗎？

はい、ありがとうございます。 ha.i a.ri.ga.to.o go.za.i.ma.su 好，謝謝。	いいえ、大丈夫（だいじょうぶ）です。 i.i.e da.i.jo.o.bu de.su 不用了，沒關係。

4. **座席（ざせき）を倒（たお）してもいいですか。**
za.se.ki o ta.o.shi.te mo i.i de.su ka
我可以放倒座位嗎？

5. **背（せ）もたれを元（もと）に戻（もど）してもらえますか。**
se.mo.ta.re o mo.to ni mo.do.shi.te mo.ra.e.ma.su ka
可以請你把靠背恢復原狀嗎？

6. **すみません、通（とお）してください。**
su.mi.ma.se.n to.o.shi.te ku.da.sa.i
不好意思，借過一下。

32 開口說！日本旅遊全指南

常用對話

最實用的好用句，補齊旅遊日本可能會用到的日語，就是要您遇上各種情況，都能聽得懂、開口說！

中文翻譯

精準的中文翻譯，讓您馬上知道何時會用到這句話。或者您也可以在遇到日本人時，先找中文，再說該句日語，輕鬆開口說日語！

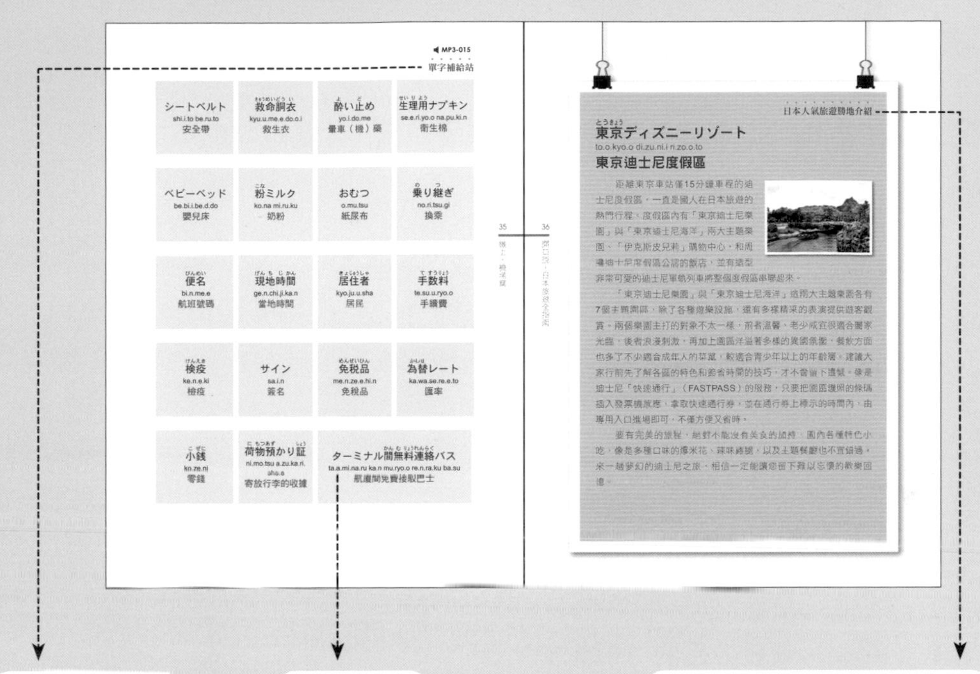

MP3-015

單字補給站

シートベルト shi.i.to be.ru.to 安全帶	救命胴衣 kyu.u.me.e.do.o.i 救生衣	酔い止め yo.i.do.me 暈車（機）藥	生理用ナプキン se.e.ri.yo.o na.pu.ki.n 衛生棉
ベビーベッド be.bi.i.be.d.do 嬰兒床	粉ミルク ko.na mi.ru.ku 奶粉	おむつ o.mu.tsu 紙尿布	乗り継ぎ no.ri.tsu.gi 換乘
便名 bi.n.me.e 航班號碼	現地時間 ge.n.chi.ji.ka.n 當地時間	居住者 kyo.ju.u.sha 居民	手数料 te.su.u.ryo.o 手續費
検疫 ke.n.e.ki 檢疫	サイン sa.i.n 簽名	免税品 me.n.ze.e.hi.n 免稅品	為替レート ka.wa.se.re.e.to 匯率
小銭 ko.ze.ni 零錢	荷物預かり証 ni.mo.tsu a.zu.ka.ri.sho.o 寄放行李的收據	ターミナル間無料連絡バス ta.a.mi.na.ru ka.n mu.ryo.o re.n.ra.ku ba.su 航廈間免費接駁巴士	

日本人氣旅遊勝地介紹

東京ディズニーリゾート
to.o.kyo.o di.zu.ni.i ri.zo.o.to
東京迪士尼度假區

距離東京車站僅15分鐘車程的迪士尼度假區，一直是國人在日本旅遊的熱門行程。度假區內有「東京迪士尼樂園」與「東京迪士尼海洋」兩大主題樂園、「伊克斯皮兒莉」購物中心，和周邊迪士尼度假區公認的飯店，並有造型非常可愛的迪士尼單軌列車將整個度假區串聯起來。

「東京迪士尼樂園」與「東京迪士尼海洋」這兩大主題樂園各有7個主題園區，除了各種遊樂設施，還有多樣精采的表演提供遊客觀賞。兩個樂園主打的對象不太一樣，前者溫馨、老少咸宜很適合闔家光臨，後者浪漫刺激，再加上園區洋溢著多樣的異國氛圍，餐飲方面也多了不少適合成年人的菜單，較適合青少年以上的年齡層。建議大家行前先了解各區的特色和節省時間的技巧，才不會留下遺憾。像是迪士尼「快速通行」（FASTPASS）的服務，只要把園區護照的條碼插入發票機感應，拿取快速通行券，並在通行券上標示的時間內，由專用入口進場即可，不僅方便又省時。

要有完美的旅程，絕對不能沒有美食的加持。園內各種特色小吃，像是多種口味的爆米花、辣味雞腿，以及主題餐廳也不宜錯過。來一趟夢幻的迪士尼之旅，相信一定能讓您留下難以忘懷的歡樂回憶。

單字補給站

每種情境皆補充相關必學單字，累積您的日語字彙量！

羅馬拼音

對50音還不熟怎麼辦？沒關係！全書句子、單字和會話皆附上羅馬拼音，只要跟著本書這樣説，您也可以變成旅遊日語達人！

日本人氣旅遊勝地介紹

以輕鬆好閱讀的小專欄方式，告訴您日本人氣旅遊勝地有哪些，同時介紹當地著名的歷史古蹟、必訪景點，相信藉由這個小專欄，您會更了解日本！

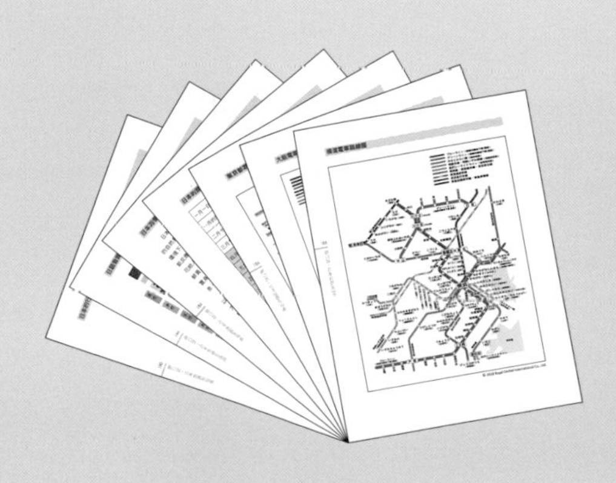

豐富的附錄資料

附錄附上「日本的行政區與各縣市」、「日本四季風物詩」、「日本的國定假日」，以及各大城市的電車路線圖，讓您不僅好學，還能好玩、好用！

目次

01 機上・機場篇

02 交通篇

03 住宿篇

04 飲食篇

05 觀光娛樂篇

06 購物篇

07 困擾篇

08 數字篇

附錄

01 機上・機場篇

お飲(の)み物(もの)はいかがですか。

要不要來點飲料呢？

お茶(ちゃ)をください。

請給我茶。

機内(きない)で ki.na.i de 在機上

お茶(ちゃ)をください。

o cha o ku.da.sa.i

請給我茶。

說明

「**お茶(ちゃ)**」的「**お**」為接頭語，後接名詞，有美化單字的功能，適用於固有和語，若是受漢語影響的名詞就必須使用「**ご**」，如「**ご飯(はん)**」（飯）。「**～をください**」是「請給我～」的意思，不論是購物或要求服務都用得到，是旅日使用機率極高的基本句型。

把下面的單字套進去說說看

コーヒー
ko.o.hi.i
咖啡

サイダー
sa.i.da.a
汽水

コーラ
ko.o.ra
可樂

アップルジュース

a.p.pu.ru ju.u.su

蘋果汁

しろ
白ワイン

shi.ro wa.i.n

白酒

さとう
砂糖

sa.to.o

糖

あか
赤ワイン

a.ka wa.i.n

紅酒

トマトジュース

to.ma.to ju.u.su

番茄汁

ミルク

mi.ru.ku

奶精，牛奶

オレンジジュース

o.re.n.ji ju.u.su

柳橙汁

ビール

bi.i.ru

啤酒

ミネラルウォーター

mi.ne.ra.ru wo.o.ta.a

礦泉水

枕（まくら）をもらえますか。

ma.ku.ra o mo.ra.e.ma.su ka

可以給我枕頭嗎？

說明

「**もらえます**」（可以拿）為「**もらいます**」（拿，領受）的可能形，本句型和前面的「**～をください**」一樣，都可以用在購物或要求服務的時候。句尾的助詞「**か**」表疑問，在口語時可省略，但發音時句尾必須上揚。

把下面的單字套進去說說看

ウェットティッシュ
we.t.to.ti.s.shu
濕紙巾

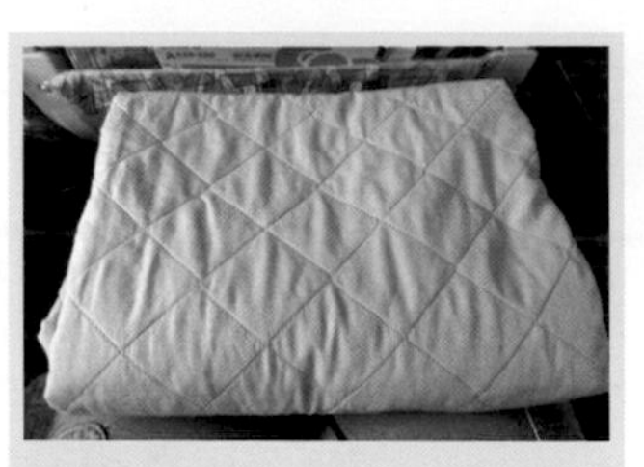

毛布（もうふ）
mo.o.fu
毛毯

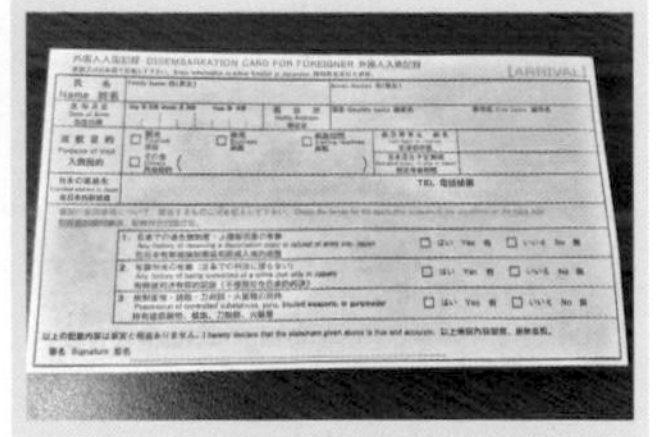

入国（にゅうこく）カード
nyu.u.ko.ku ka.a.do
入境卡

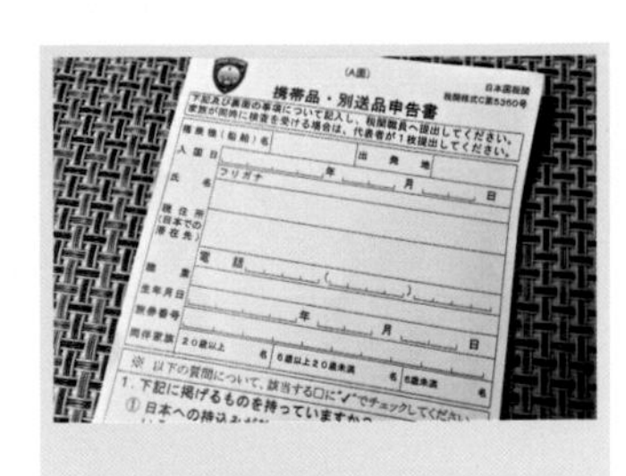

ぜいかんしんこくしょ
税関申告書
ze.e.ka.n shi.n.ko.ku.sho
海關申報單

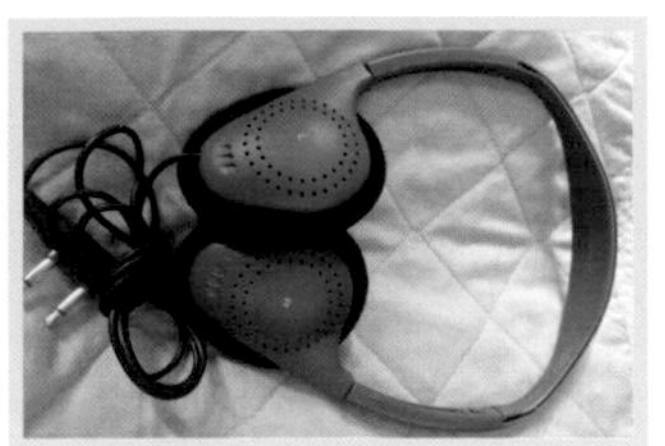

ヘッドホン
he.d.do.ho.n
耳機

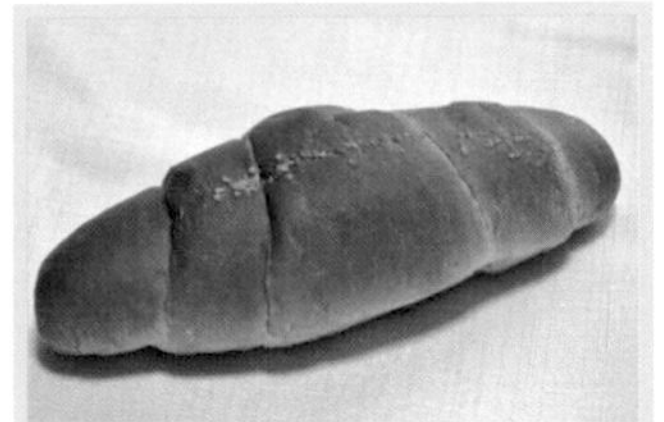

パン
pa.n
麵包

スプーン
su.pu.u.n
湯匙

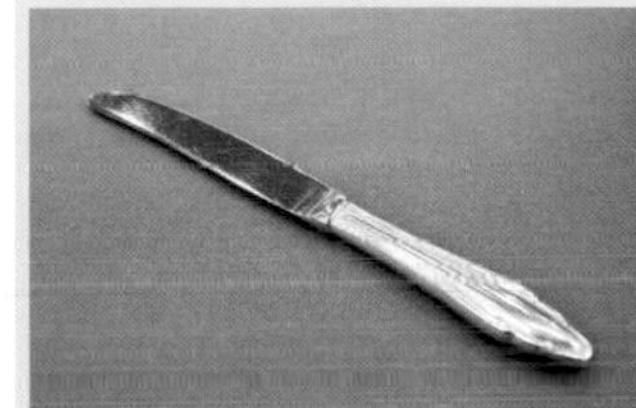

ナイフ
na.i.fu
刀子

フォーク
fo.o.ku
叉子

しんぶん
新聞
shi.n.bu.n
報紙

ゆ
お湯
o yu
熱開水

マドラー
ma.do.ra.a
攪拌棒

カタログ
ka.ta.ro.gu
目錄

トランプ
to.ra.n.pu
撲克牌

ぶくろ
エチケット袋
e.chi.ke.t.to bu.ku.ro
嘔吐袋

空港(くうこう)で ku.u.ko.o de 在機場

在留(ざいりゅう)カードを拝見(はいけん)させてください。

za.i.ryu.u ka.a.do o ha.i.ke.n.sa.se.te ku.da.sa.i

請讓我看在留卡。

說明

入境審查官要求提示護照等證件時會這麼說。「**拝見(はいけん)させる**」（讓我看）是「**拝見(はいけん)する**」（看）的使役用法，表示「請讓我看」的意思。語氣上比一般的「**～を見(み)せてください**」（請讓我看）還要客氣。另外，在留卡是居住在日本的外國人所持的居留卡。

把下面的單字套進去說說看

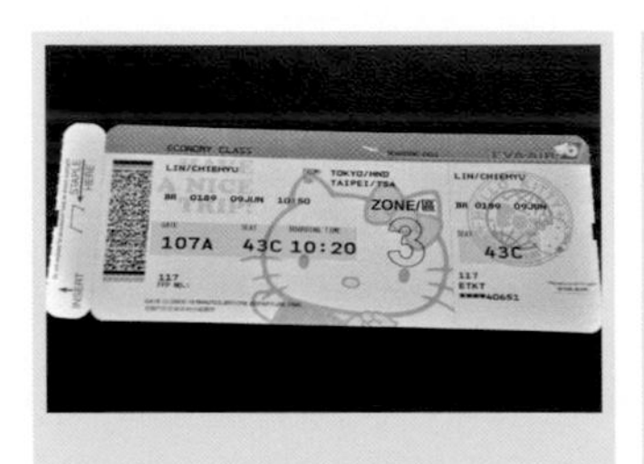

搭乗券(とうじょうけん)
to.o.jo.o.ke.n
登機證

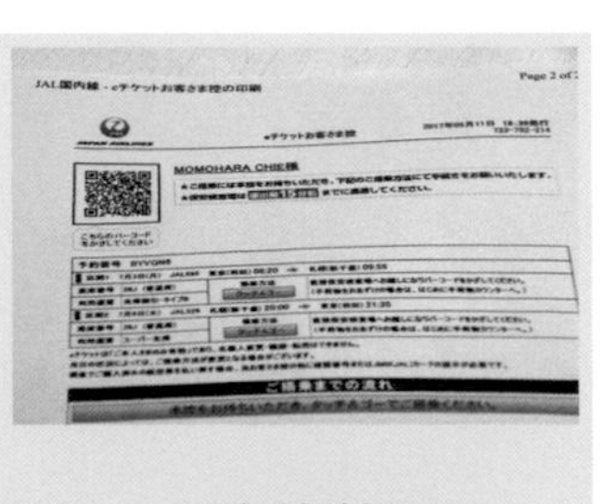

航空券(こうくうけん)
ko.o.ku.u.ke.n
機票

パスポート
pa.su.po.o.to
護照

来日(らいにち)の目的(もくてき)は観光(かんこう)です。

ra.i.ni.chi no mo.ku.te.ki wa ka.n.ko.o de.su

來日本的目的是觀光。

說明

本句也可簡單回答說「**観光(かんこう)です**」（觀光）。目前日本對臺灣旅客實施短期（90日以內）觀光免簽證。免簽證是以觀光、醫療、拜訪親友、參加講習、業務聯繫等目的做短期停留的旅客為對象，若從事領取報酬的活動或是留學等其他狀況就需要簽證，詳細可參考日本交流協會官網。

把下面的單字套進去說說看

出張(しゅっちょう) shu.c.cho.o 出差	ビジネス bi.ji.ne.su 商務	留学(りゅうがく) ryu.u.ga.ku 留學
親族(しんぞく)（知人(ちじん)）訪問(ほうもん) shi.n.zo.ku chi.ji.n ho.o.mo.n 拜訪親人（朋友）	研修(けんしゅう) ke.n.shu.u 研修	社員旅行(しゃいんりょこう) sha.i.n ryo.ko.o 員工旅遊

それはからすみです。

so.re wa ka.ra.su.mi de.su

那是烏魚子。

說明

過日本海關，不論是有沒有申報的物品，都要提出海關申報單。同時海關人員也會詢問有無「**別送品**（べっそうひん）」（另外寄送的物品）或抽檢隨身攜帶的行李。如果海關人員問您「**これは何**（なん）**ですか**」（這是什麼呢）時，就可以按照本句型回答。

把下面的單字套進去說說看

漢方薬（かんぽうやく） ka.n.po.o.ya.ku 中藥	パイナップルケーキ pa.i.na.p.pu.ru ke.e.ki 鳳梨酥	ドライフルーツ do.ra.i fu.ru.u.tsu 水果乾
すいかの種（たね） su.i.ka no ta.ne 瓜子	レトルト食品（しょくひん） re.to.ru.to sho.ku.hi.n 真空包裝食品	フルーツの砂糖漬け（さとうづ） fu.ru.u.tsu no sa.to.o.zu.ke 蜜餞

だいいち
第一ターミナルはどこですか。

da.i.i.chi ta.a.mi.na.ru wa do.ko de.su ka

第1航廈在哪裡呢？

說明

本句還可說成「**～はどこにありますか**」（～在哪裡呢），是旅日時會頻繁使用的句型之　。日本的機場設施非常豐富，像東京成田機場，無論是餐飲、休息、寄物、購物，甚至是可以把剩下的銅板用盡的扭蛋機都一應俱全，不充分利用怎行呢。

把下面的單字套進去說說看

だい に
第二ターミナル
da.i.ni ta.a.mi.na.ru
第2航廈

こくさいせんしゅっぱつ
国際線出発
とうちゃく
（到着）ロビー
ko.ku.sa.i.se.n
shu.p.pa.tsu to.o.cha.ku ro.bi.i
國際線出境（入境）大廳

こくないせんしゅっぱつ
国内線出発
とうちゃく
（到着）ロビー
ko.ku.na.i.se.n
shu.p.pa.tsu to.o.cha.ku ro.bi.i
國內線出發（抵達）大廳

こうくう
～航空のチェックインカウンター
～ko.o.ku.u no che.k.ku i.n ka.u.n.ta.a
～航空報到櫃檯

て に もつ いち じ あず　　じょ
手荷物一時預かり所
te.ni.mo.tsu i.chi.ji a.zu.ka.ri.jo
隨身手提行李暫時寄放處

めんぜいてん
免税店
me.n.ze.e.te.n
免稅店

りょうがえじょ
両替所
ryo.o.ga.e.jo
外幣兌換處

きっぷ う ば
切符売り場
ki.p.pu u.ri.ba
售票處

クレームカウンター
ku.re.e.mu ka.u.n.ta.a
提領行李申訴櫃檯

ばん
～番ゲート
～ba.n ge.e.to
～號登機口

て に もつひきとりじょ
手荷物引取所
te.ni.mo.tsu hi.ki.to.ri.jo
隨身手提行李提領處

じゅにゅうしつ
授乳室
ju.nyu.u.shi.tsu
哺乳室

こうしゅうでん わ
公衆電話
ko.o.shu.u de.n.wa
公共電話

てんぼう
展望デッキ
te.n.bo.o de.k.ki
瞭望臺

カプセルホテル
ka.pu.se.ru ho.te.ru
膠囊旅館

シャワールーム
sha.wa.a ru.u.mu
淋浴間

か みんしつ
仮眠室
ka.mi.n.shi.tsu
休息室

カート
ka.a.to
手推車

きつえんじょ
喫煙所
ki.tsu.e.n.jo
吸菸處

コインロッカー
ko.i.n ro.k.ka.a
投幣式寄物櫃

<ruby>新宿<rt>しんじゅく</rt></ruby><ruby>行<rt>ゆ</rt></ruby>きのバスはどこですか。

shi.n ju.ku yu.ki no ba.su wa do.ko de.su ka

前往新宿的巴士在哪裡呢？

說明

日本大都市的機場交通相當完備，以東京羽田機場為例，就有「**リムジンバス**」（機場巴士）、「**路線（ろせん）バス**」（普通公車）、「**電車（でんしゃ）**」（電車）、「**モノレール**」（單軌列車）、「**タクシー**」（計程車）可供選擇，非常方便。

把下面的單字套進去說說看

いけぶくろ **池袋** i.ke.bu.ku.ro 池袋	しぶや **渋谷** shi.bu.ya 澀谷	あさくさ **浅草** a.sa.ku.sa 淺草
しながわ **品川** shi.na.ga.wa 品川	よこはま **横浜** yo.ko.ha.ma 橫濱	ぎんざ **銀座** gi.n.za 銀座

台湾元を日本円に両替したいんですが……。

（たいわんげん、にほんえん、りょうがえ）

ta.i.wa.n ge.n o ni.ho.n e.n ni ryo.o.ga.e.shi.ta.i n de.su ga

我想把臺幣兌換成日幣……。

說明

「**たい**」為表示說話者想做某事的助動詞。「**たい**」後面的「**ん**」是「**の**」的口語說法，表示說明。另外，句尾的接續助詞「**が**」有連接上下句的作用，雖然後面的句子省略不說，但聽者可馬上聯想到後面接續的內容或動作，這也是日本人溝通的特徵之一。

把下面的單字套進去說說看

米ドル（べい） be.e do.ru 美金	人民元（じんみんげん） ji.n.mi.n ge.n 人民幣	ユーロ yu.u.ro 歐元
香港ドル（ほんこん） ho.n.ko.n do.ru 港幣	タイバーツ ta.i ba.a.tsu 泰銖	トラベラーズチェック to.ra.be.ra.a.zu che.k.ku 旅行支票

これを百円玉（ひゃくえんだま）に替（か）えてください。

ko.re o hya.ku.e.n da.ma ni ka.e.te ku.da.sa.i

請把這個換成100日圓硬幣。

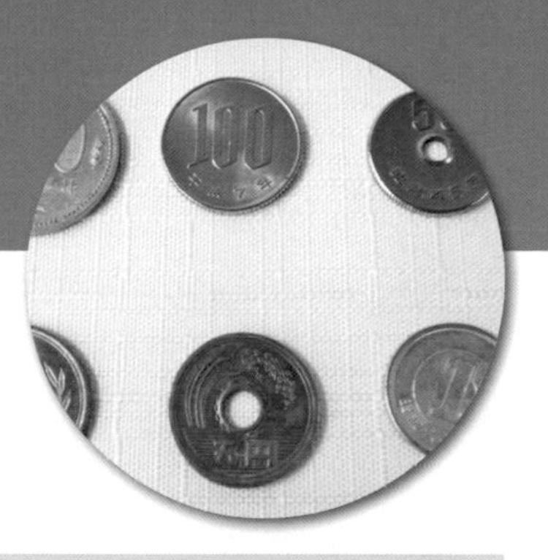

說明

句中的「に」表示變化的結果。日本紙鈔面額有4種，分別是1萬、5千、2千、1千日圓，但2千日圓市面上已不多見。至於硬幣，則分為500、100、50、10、5、1日圓6種。日本物價不低，若不小心，即使是萬圓紙鈔，很容易一下子就花光光喔。

把下面的單字套進去說說看

五千円札（ごせんえんさつ） go.se.n.e.n sa.tsu 5千日圓紙鈔	千円札（せんえんさつ） se.n.e.n sa.tsu 1千日圓紙鈔	五十円玉（ごじゅうえんだま） go.ju.u.e.n da.ma 50日圓硬幣
十円玉（じゅうえんだま） ju.u.e.n da.ma 10日圓硬幣	五円玉（ごえんだま） go.e.n da.ma 5日圓硬幣	一円玉（いちえんだま） i.chi.e.n da.ma 1日圓硬幣

きないしょく
機內食
ki.na.i.sho.ku
機上餐點

じょうむいん　しょくじ
乘務員：食事はポークとチキンがありますが、どちらになさいますか。
jo.o.mu.i.n sho.ku.ji wa po.o.ku to chi.ki.n ga a.ri.ma.su ga do.chi.ra ni na.sa.i.ma.su ka
空服員：餐點有豬肉和雞肉，請問要哪一種呢？

きゃく
客：チキンをください。
kya.ku chi.ki.n o ku.da.sa.i
旅客：請給我雞肉。

じょうむいん　の　もの
乘務員：お飲み物はいかがですか。
jo.o.mu.i.n o no.mi.mo.no wa i.ka.ga de.su ka
空服員：要不要來點飲料呢？

きゃく
客：ビールをください。
kya.ku bi.i.ru o ku.da.sa.i
旅客：請給我啤酒。

旅遊小補帖｜入關須知

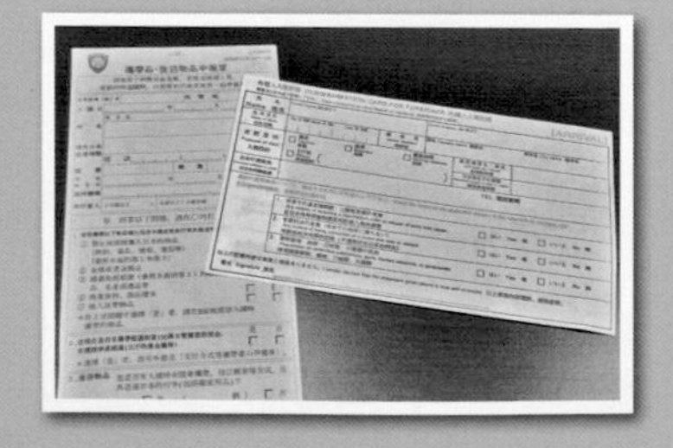

到了日本，下了飛機，接下來就要拿出護照、入境卡準備接受入境審查，而且同時必須經過專門機器採取指紋和拍攝臉部相片，才可入境。在通過海關時，不論有無申報的物品，都要提出海關申報單（1個家庭1張即可）。入境卡和海關申報單空服員會在機內分發，建議事先在機內填妥，以免下機後手忙腳亂。至於免稅商品的範圍，可參照海關申報單的說明。只要是從臺灣出發的航班，都有中文版的入境卡和海關申報單，不必擔心看不懂。

入国審査（にゅうこくしんさ）
nyu.u.ko.ku shi.n.sa
入境審査

入国審査官（にゅうこくしんさかん）：パスポートと入国（にゅうこく）カードを拝見（はいけん）させてください。来日（らいにち）の目的（もくてき）は何（なん）ですか。
nyu.u.ko.ku shi.n.sa.ka.n pa.su.po.o.to to nyu.u.ko.ku.ka.a.do o ha.i.ke.n.sa.se.te ku.da.sa.i ra.i.ni.chi no mo.ku.te.ki wa na.n de.su ka
入境審查官：請讓我看護照和入境卡。來日本的目的是什麼呢？

客（きゃく）：観光（かんこう）です。
kya.ku ka.n.ko.o de.su
旅客：觀光。

入国審査官（にゅうこくしんさかん）：日本（にほん）にはどのくらい滞在（たいざい）しますか。
nyu.u.ko.ku shi.n.sa.ka.n ni.ho.n ni wa do.no ku.ra.i ta.i.za.i.shi.ma.su ka
入境審查官：在日本停留多久呢？

客（きゃく）：6日間（むいかかん）です。
kya.ku mu.i.ka.ka.n de.su
旅客：6天。

旅遊小補帖｜如何使用日本的自動售票機

首先要選對機器，日本車站常見的3種機器，分別是「**自動券売機（じどうけんばいき）**」（自動售票機，兼具銷售交通卡與加值功能）、「**ICカードチャージ機（アイシーカードチャージき）**」（Suica、PASMO等IC卡的加值機）、「**のりこし精算機（せいさんき）**」（補票機）。購票時要先放錢再按按鍵。接下來，只要了解「**きっぷ**」（車票）、「**私鉄（してつ）のりかえ**」（也有「**連絡券（れんらくけん）**」的說法，含轉換其他鐵路公司的車票）、「**買（か）いまちがい払（はら）い戻（もど）し**」（買錯票退錢）、「**とりけし**」（取消）、「**よびだし**」（呼叫站員）這幾個單字就能順利買到票囉。

和其他乘客的對話

1
ここは私(わたし)の席(せき)ですが……。
ko.ko wa wa.ta.shi no se.ki de.su ga
這是我的位子……。

2
私(わたし)と席(せき)を替(か)わっていただけませんか。
wa.ta.shi to se.ki o ka.wa.t.te i.ta.da.ke.ma.se.n ka
可不可以請你和我換位子呢？

3
席(せき)を替(か)わりましょうか。
se.ki o ka.wa.ri.ma.sho.o ka
要換位子嗎？

はい、ありがとうございます。
ha.i a.ri.ga.to.o go.za.i.ma.su
好，謝謝。

いいえ、大丈夫(だいじょうぶ)です。
i.i.e da.i.jo.o.bu de.su
不用了，沒關係。

4
座席(ざせき)を倒(たお)してもいいですか。
za.se.ki o ta.o.shi.te mo i.i de.su ka
我可以放倒座位嗎？

5
背(せ)もたれを元(もと)に戻(もど)してもらえますか。
se.mo.ta.re o mo.to ni mo.do.shi.te mo.ra.e.ma.su ka
可以請你把靠背恢復原狀嗎？

6
すみません、通(とお)してください。
su.mi.ma.se.n to.o.shi.te ku.da.sa.i
不好意思，借過一下。

和空服員的對話

MP3-013

1. 荷物をしまうスペースがありません。
ni.mo.tsu o shi.ma.u su.pe.e.su ga a.ri.ma.se.n
沒有放行李的空間了。

2. 荷物を入れてもらえますか。
ni.mo.tsu o i.re.te mo.ra.e.ma.su ka
能幫我把行李放進去嗎？

3. あそこの空いている席に移ってもいいですか。
a.so.ko no a.i.te i.ru se.ki ni u.tsu.t.te mo i.i de.su ka
我可以移到那裡的空位嗎？

4. 子ども用の食事を予約してあります。
ko.do.mo.yo.o no sho.ku.ji o yo.ya.ku.shi.te a.ri.ma.su
我有預約兒童餐。

5. 牛肉はまだありますか。
gyu.u.ni.ku wa ma.da a.ri.ma.su ka
還有牛肉嗎？

6. 飲み物は何がありますか。
no.mi.mo.no wa na.ni ga a.ri.ma.su ka
有什麼飲料呢？

7. これを下げてもらえますか。
ko.re o sa.ge.te mo.ra.e.ma.su ka
可以把這個收走嗎？（用畢的餐盤）

8. １５番の口紅と３８番のハンドクリームをください。
ju.u.go.ba.n no ku.chi.be.ni to sa.n.ju.u.ha.chi.ba.n no ha.n.do.ku.ri.i.mu o ku.da.sa.i
請給我15號的口紅和38號的護手霜。

入境審查和通關時的對話

MP3-014

1

滞在先（たいざいさき）はどちらですか。

ta.i.za.i.sa.ki wa do.chi.ra de.su.ka

住在哪裡呢？

新宿（しんじゅく）のワシントンホテルです。

shi.n.ju.ku no wa.shi.n.to.n ho.te.ru de.su

新宿的華盛頓飯店。

2

申告（しんこく）するものはありますか。

shi.n.ko.ku.su.ru mo.no wa a.ri.ma.su ka

有申報的東西嗎？

いいえ、ありません。

i.i.e a.ri.ma.se.n

不，沒有。

はい、あります。たばこは～カートン持（も）っています。

ha.i a.ri.ma.su ta.ba.ko wa～ka.a.to.n mo.t.te i.ma.su

是，有的。我帶了～條香菸。

3

荷物（にもつ）はこれだけですか。

ni.mo.tsu wa ko.re da.ke de.su ka

行李只有這些嗎？

はい、これだけです。

ha.i ko.re da.ke de.su

是的，只有這些。

いいえ、別送品（べっそうひん）があります。

i.i.e be.s.so.o.hi.n ga a.ri.ma.su

不，有另外寄送的物品。

4

トランクの中（なか）を拝見（はいけん）させてください。

to.ra.n.ku no na.ka o ha.i.ke.n.sa.se.te ku.da.sa.i

請讓我看行李箱裡面。

はい、どうぞ。

ha.i do.o.zo

好的，請。

單字補給站

シートベルト shi.i.to be.ru.to 安全帶	救命胴衣（きゅうめいどうい） kyu.u.me.e.do.o.i 救生衣	酔い止め（よいどめ） yo.i.do.me 暈車（機）藥	生理用ナプキン（せいりよう） se.e.ri.yo.o na.pu.ki.n 衛生棉
ベビーベッド be.bi.i.be.d.do 嬰兒床	粉ミルク（こな） ko.na mi.ru.ku 奶粉	おむつ o.mu.tsu 紙尿布	乗り継ぎ（のりつぎ） no.ri.tsu.gi 換乘
便名（びんめい） bi.n.me.e 航班號碼	現地時間（げんちじかん） ge.n.chi.ji.ka.n 當地時間	居住者（きょじゅうしゃ） kyo.ju.u.sha 居民	手数料（てすうりょう） te.su.u.ryo.o 手續費
検疫（けんえき） ke.n.e.ki 檢疫	サイン sa.i.n 簽名	免税品（めんぜいひん） me.n.ze.e.hi.n 免稅品	為替レート（かわせ） ka.wa.se.re.e.to 匯率
小銭（こぜに） ko.ze.ni 零錢	荷物預かり証（にもつあずかりしょう） ni.mo.tsu a.zu.ka.ri.sho.o 寄放行李的收據	ターミナル間無料連絡バス（かんむりょうれんらく） ta.a.mi.na.ru ka.n mu.ryo.o re.n.ra.ku ba.su 航廈間免費接駁巴士	

東京(とうきょう)ディズニーリゾート

to.o.kyo.o di.zu.ni.i ri.zo.o.to

東京迪士尼度假區

距離東京車站僅15分鐘車程的迪士尼度假區，一直是國人在日本旅遊的熱門行程。度假區內有「東京迪士尼樂園」與「東京迪士尼海洋」兩大主題樂園、「伊克斯皮兒莉」購物中心，和周邊迪士尼度假區公認的飯店，並有造型非常可愛的迪士尼單軌列車將整個度假區串聯起來。

「東京迪士尼樂園」與「東京迪士尼海洋」這兩大主題樂園各有7個主題園區，除了各種遊樂設施，還有多樣精采的表演提供遊客觀賞。兩個樂園主打的對象不太一樣，前者溫馨、老少咸宜很適合闔家光臨，後者浪漫刺激，再加上園區洋溢著多樣的異國氛圍，餐飲方面也多了不少適合成年人的菜單，較適合青少年以上的年齡層。建議大家行前先了解各區的特色和節省時間的技巧，才不會留下遺憾。像是迪士尼「快速通行」（FASTPASS）的服務，只要把園區護照的條碼插入發票機感應，拿取快速通行券，並在通行券上標示的時間內，由專用入口進場即可，不僅方便又省時。

要有完美的旅程，絕對不能沒有美食的加持，園內各種特色小吃，像是多種口味的爆米花、辣味雞腿，以及主題餐廳也不宜錯過。來一趟夢幻的迪士尼之旅，相信一定能讓您留下難以忘懷的歡樂回憶。

02 交通篇

横浜(よこはま)まで、大人(おとな)の切符(きっぷ)を1枚(いちまい)ください。

請給我1張到橫濱的成人票。

横浜(よこはま)までですね、少々(しょうしょう)お待(ま)ちください。

到橫濱是嗎，請稍等一下。

～まで、大人(おとな)の切符(きっぷ)を1枚(いちまい)ください。

~ma.de o.to.na no ki.p.pu o i.chi.ma.i ku.da.sa.i

請給我1張到～的成人票。

說明

「まで」表示「到哪裡」，例如「**横浜(よこはま)まで**」（到橫濱）。在這裡提醒大家很多路線的機場巴士都有銷售來回票，使用期限是1個月以內，價格會比單程便宜一些，購買時詢問「**往復(おうふく)の切符(きっぷ)はありますか**」（有來回票嗎）即可。

把下面的單字套進去說說看

片道(かたみち) ka.ta.mi.chi 單程	往復(おうふく) o.o.fu.ku 來回	自由席(じゆうせき) ji.yu.u se.ki 自由座
指定席(していせき) shi.te.e se.ki 對號座	子供(こども) ko.do.mo 小孩	～時(じ)～分発(ふんはつ) ~ji~fu.n ha.tsu ～點～分開

湘南新宿ライン（しょうなんしんじゅく）は何番（なんばん）ホームですか。

sho.o.na.n shi.n.ju.ku ra.i.n wa na.n.ba.n ho.o.mu de.su ka

湘南新宿線是幾號月台呢？

說明

像新宿、澀谷、池袋這些大型車站，路線之多對新來乍到的旅人來說，很容易摸不著頭緒。其實只要在入口處上方的電子顯示板尋找欲搭乘路線的月台號碼，就會很快地找到。另外，即使同一路線，因終點站不盡相同，乘車時也要確認月台上的電子顯示板是「～まで」（到～）喔。

把下面的單字套進去說說看

やまのてせん 山手線 ya.ma.no.te se.n 山手線	けいひんとうほくせん 京浜東北線 ke.e.hi.n.to.o.ho.ku se.n 京濱東北線	とうかいどうほんせん 東海道本線 to.o.ka.i.do.o ho.n.se.n 東海道本線
けいようせん 京葉線 ke.e.yo.o se.n 京葉線	ちゅうおうせん 中央線 chu.u.o.o se.n 中央線	さいきょうせん 埼京線 sa.i.kyo.o se.n 埼京線

～に行(い)きたいんですが、丸ノ内線(まるのうちせん)で行(い)けますか。

～ni i.ki.ta.i n de.su ga ma.ru.no.u.chi se.n de i.ke.ma.su ka

我想去～，丸之內線可以到嗎？

說明

日本大部分的車站都會陳列路線圖和時刻表供乘客索取，如果沒看到，也可以直接向窗口索取，隨身攜帶非常方便。除了路線圖和時刻表，很多大型車站，還會提供介紹沿線觀光的資料或印有周邊餐飲店折價券的免費雜誌，不妨參考看看。

把下面的單字套進去說說看

千代田線(ちよだせん) chi.yo.da se.n 千代田線	半蔵門線(はんぞうもんせん) ha.n.zo.o.mo.n se.n 半藏門線	銀座線(ぎんざせん) gi.n.za se.n 銀座線
日比谷線(ひびやせん) hi.bi.ya se.n 日比谷線	有楽町線(ゆうらくちょうせん) yu.u.ra.ku.cho.o se.n 有樂町線	都営浅草線(とえいあさくさせん) to.e.e a.sa.ku.sa se.n 都營淺草線

MP3-019

～に急行は停まりますか。

～ni kyu.u.ko.o wa to.ma.ri.ma.su ka

在～急行有停嗎？

說明

助詞「に」表示停靠地點。日本電車依速度和停靠站數不同有多種名稱，「各停」和「普通」是每站都停，雖然因不同的鐵路公司名稱略有差異，大致上按「快速」、「準急」、「急行」、「通勤特急」、「特急」的順序，所需時間和停靠的車站會越少。

把下面的單字套進去說說看

各停（かくてい） ka.ku.te.e 各停	快速（かいそく） ka.i.so.ku 快速	特急（とっきゅう） to.k.kyu.u 特急
普通（ふつう） fu.tsu.u 普通	準急（じゅんきゅう） ju.n.kyu.u 準急	通勤特急（つうきんとっきゅう） tsu.u.ki.n to.k.kyu.u 通勤特急

ちゅうおうぐち　へん

すみません、中央口はどの辺にありますか。

su.mi.ma.se.n chu.u.o.o.gu.chi wa do.no he.n ni a.ri.ma.su ka

請問一下，中央口在哪邊呢？

說明

下了電車，先別急著走人，越是大型車站越要先搞清楚目的地該走哪個出口才不會迷失方向，這時候可參考月台或站內的告示板與地圖。另外，像東京、上野這樣的大型車站，都設有「**旅客案内所**（りょきゃくあんないじょ）」（旅客服務處），也可以善加利用。

把下面的單字套進去說說看

ひがしぐち **東口** hi.ga.shi.gu.chi 東口	にしぐち **西口** ni.shi.gu.chi 西口	みなみぐち **南口** mi.na.mi.gu.chi 南口
きたぐち **北口** ki.ta.gu.chi 北口	しょうめんぐち **正面口** sho.o.me.n.gu.chi 正面口	しんみなみぐち **新南口** shi.n.mi.na.mi.gu.chi 新南口

羽田空港へお願いします。

ha.ne.da ku.u.ko.o e o ne.ga.i shi.ma.su

請到羽田機場。

說明

「へ」這個助詞，表示「欲前往的場所和地點」，也可代換成「まで」，都是表示「到～」的意思。若手上有住址或地圖時，還可一邊手指著地址或地圖，一邊說「**この住所、ここへお願いします**」（請到這個地址、這裡）。

把下面的單字套進去說說看

成田空港 na.ri.ta ku.u.ko.o 成田機場	関西空港 ka.n.sa.i ku.u.ko.o 關西機場	千歳空港 chi.to.se ku.u.ko.o 千歲機場
プリンスホテル pu.ri.n.su ho.te.ru 王子飯店	京都駅 kyo.o.to e.ki 京都車站	浅草雷門 a.sa.ku.sa ka.mi.na.ri.mo.n 淺草雷門

ここで降(お)ろしてください。

ko.ko de o.ro.shi.te ku.da.sa.i

請讓我在這裡下車。

說明

「で」表示「動作發生的場所」。「**降(お)ろす**」為他動詞，意指「放客人下來」，也就是「讓客人下車」的意思，搭計程車時一定會用到。另外在搭乘公車想下車的時候，就可使用自動詞的「**降(お)りる**」，跟司機簡單說聲「**降(お)ります**」（下車）即可。

把下面的單字套進去說說看

次(つぎ)の信号(しんごう)

tsu.gi no shi.n.go.o

下一個紅綠燈

手前(てまえ)の交差点(こうさてん)

te.ma.e no ko.o.sa.te.n

前面的十字路口

あそこの郵便(ゆうびん)ポスト

a.so.ko no yu.u.bi.n.po.su.to

那裡的郵筒

車(くるま)を2日間(ふつかかん)借(か)りたいんですが……。

ku.ru.ma o fu.tsu.ka.ka.n ka.ri.ta.i n de.su ga

我想要租2天的車子……。

說明

這個句型，不論是租車、腳踏車或各種娛樂設備、器材都用得到，是旅日期間常用的句型。「**借(か)りる**」表示「跟人借或租東西」，反之，把東西出借、出租給他人就要用「**貸(か)す**」，例如「**お金(かね)を貸(か)してください**」（請借我錢）。

把下面的單字套進去說說看

50分(ごじゅっぷん) go.ju.p.pu.n 50分	2時間(にじかん) ni.ji.ka.n 2小時	半日(はんにち) ha.n.ni.chi 半天
1日(いちにち) i.chi.ni.chi 1天	3日間(みっかかん) mi.k.ka.ka.n 3天	1週間(いっしゅうかん) i.s.shu.u.ka.n 1星期

切符を買う

ki.p.pu o ka.u

買票

客：横浜まで、大人の切符を1枚ください。

kya.ku yo.ko.ha.ma ma.de o.to.na no ki.p.pu o i.chi.ma.i ku.da.sa.i

客人：請給我1張到橫濱的成人票。

売り場の人：横浜まででですね、少々お待ちください。

u.ri.ba no hi.to yo.ko.ha.ma ma.de de.su ne sho.o.sho.o o ma.chi ku.da.sa.i

售票員：到橫濱是嗎，請稍等一下。

客：往復の切符はありますか。

kya.ku o.o.fu.ku no ki.p.pu wa a.ri.ma.su ka

客人：有來回票嗎？

売り場の人：はい、ございます。往復でよろしいですか。

u.ri.ba no hi.to ha.i go.za.i.ma.su o.o.fu.ku de yo.ro.shi.i de.su ka

售票員：是，有的。您要來回票嗎？

旅遊小補帖｜便捷實用的日本交通卡

在日本不論是搭乘電車還是公車，使用交通卡會比現金便宜。而且除了支付車資，還可在超商、便利商店、餐飲店等加盟店或自動販賣機購買商品，非常方便，交通卡在自動售票機或車站窗口都有銷售。以日本首都圈發行的「Suica」、「PASMO」為例，最便宜的是1千日圓，其中含500日圓保證金，不用時保證金可退還。交通卡的加值金額以千圓為單位，最高可加值到2萬日圓。此外，在日本全國各地發行的10種交通IC卡均可通用，只要擁有其中的一張，幾乎就可以日本走透透喔。

電車に乗る
de.n.sha ni no.ru
搭電車

乗客：日本橋に行きたいんですが、丸ノ内線で行けますか。
jo.o.kya.ku ni.ho.n.ba.shi ni i.ki.ta.i n de.su ga ma.ru.no.u.chi se.n de i.ke.ma.su ka
乘客：我想去日本橋，丸之內線可以到嗎？

駅員：いいえ、一回乗り換えなければ行けません。
e.ki.i.n i.i.e i.k.ka.i no.ri.ka.e.na.ke.re.ba i.ke.ma.se.n
站員：不，必須要換一次車才能到。

乗客：どこで乗り換えればいいですか。
jo.o.kya.ku do.ko de no.ri.ka.e.re.ba i.i de.su ka
乘客：在哪裡換車才好呢？

駅員：まず、丸ノ内線で銀座に行って、銀座線に乗り換えればいいです。
e.ki.i.n ma.zu ma.ru.no.u.chi se.n de gi.n.za ni i.t.te gi.n.za se.n ni no.ri.ka.e.re.ba i.i de.su
站員：首先，搭丸之內線到銀座，再換銀座線就可以了。

旅遊小補帖｜日本的計程車

若攜帶過多行李或嫌轉換電車太麻煩，計程車不失為便利的交通工具。收費上以東京23區的計程車為例，410日圓起跳，若超過1,052公尺，每237公尺加算80日圓。因採時間距離並用制運費計算法，行車速度若低於10公里，也就是塞車的時候，每1分30秒另加價80日圓。此外，從晚上10點到清晨5點還要加收2成的「**深夜割増料金**」（深夜加成費用），若是短距離還算划算，要是長距離的話，建議還是搭乘電車或公車等大眾交通工具為佳。

搭乘電車、地下鐵時與站員的對話

1

切符(きっぷ)の買(か)い方(かた)が分(わ)からないんですが……。

ki.p.pu no ka.i.ka.ta ga wa.ka.ra.na.i n de.su ga

我不曉得車票的買法……（請教我）。

2

チャージの仕方(しかた)が分(わ)からないんですが……。

cha.a.ji no shi.ka.ta ga wa.ka.ra.na.i n de.su ga

我不知道加值的方法……（請教我）。

3

この電車(でんしゃ)は～に停(と)まりますか。

ko.no de.n.sha wa～ni to.ma.ri.ma.su ka

這電車在～有停嗎？

4

～に行(い)きたいんですが、どこで乗(の)り換(か)えればいいですか。

～ni i.ki.ta.i n de.su ga do.ko de no.ri.ka.e.re.ba i.i de.su ka

我想去～，在哪裡換車好呢？

5

空席(くうせき)はありますか。

ku.u.se.ki wa a.ri.ma.su ka

有空位嗎？

6

切符(きっぷ)をなくしてしまったんですが……。

ki.p.pu o na.ku.shi.te shi.ma.t.ta n de.su ga

車票弄丟了……。

どこから乗車(じょうしゃ)されましたか。

do.ko ka.ra jo.o.sha.sa.re.ma.shi.ta ka

從哪搭車的？

～からです。

～ka.ra de.su

從～。

そうなりますと、～円(えん)いただきます。

so.o na.ri.ma.su to～e.n i.ta.da.ki.ma.su

這樣的話，要收您～日圓。

MP3-027

7

乗(の)り遅(おく)れてしまったんですが……。

no.ri.o.ku.re.te shi.ma.t.ta n de.su ga

來不及搭上車……。

次(つぎ)の電車(でんしゃ)をご利用(りよう)なさいますか。

tsu.gi no de.n.sha o go ri.yo.o na.sa.i.ma.su ka

您要利用下一班電車嗎？

払(はら)い戻(もど)しはできますか。

ha.ra.i.mo.do.shi wa de.ki.ma.su ka

可以退（票）嗎？

搭乘計程車時的對話

1

タクシーを呼(よ)んでいただけますか。

ta.ku.shi.i o yo.n.de i.ta.da.ke.ma.su ka

能幫我叫計程車嗎？

2

～までのタクシー代(だい)はいくらぐらいですか。

～ma.de no ta.ku.shi.i da.i wa i.ku.ra gu.ra.i de.su ka

到～的計程車費大概要多少呢？

3

トランクを開(あ)けてください。

to.ra.n.ku o a.ke.te ku.da.sa.i

請打開後車廂。

4

トランクの荷物(にもつ)をお願(ねが)いします。

to.ra.n.ku no ni.mo.tsu o o ne.ga.i shi.ma.su

麻煩（你拿）後車廂的行李。

搭乘巴士時的對話

MP3-028

1

このバスは～に行(い)きますか。

ko.no ba.su wa～ni i.ki.ma.su ka

這巴士有到～嗎？

2

このバスはいつ発車(はっしゃ)しますか。

ko.no ba.su wa i.tsu ha.s.sha.shi.ma.su ka

這巴士什麼時候開呢？

3

PASMO(パスモ) / Suica(スイカ)は使(つか)えますか。

pa.su.mo / su.i.ka wa tsu.ka.e.ma.su ka

能用PASMO / Suica嗎？

4

1000円(せんえん)のチャージをお願(ねが)いします。

se.n.e.n no cha.a.ji o o ne.ga.i shi.ma.su

麻煩加值1,000日圓。

※只要是可以使用交通卡的公車，在車上也可以加值，加值以1,000日圓為單位，若有需要，可在司機靠站停車時要求代為加值。

5

おつりは出(で)ますか。

o tsu.ri wa de.ma.su ka

有找零嗎？

6

千円札(せんえんさつ)はどこに入(い)れればいいですか。

se.n.e.n sa.tsu wa do.ko ni i.re.re.ba i.i de.su ka

千圓紙鈔要放進哪裡好呢？

※日本很多公車都可以找零，要注意的是需要找零的時候，投入口會不一樣，否則可是一去不回喔。

7

～はあと何個目(なんこめ)ですか。

～wa a.to na.n.ko.me de.su ka

到～還有幾站呢？

8

～に着(つ)いたら教(おし)えてもらえますか。

～ni tsu.i.ta.ra o.shi.e.te mo.ra.e.ma.su ka

到了～的話，能告訴我嗎？

單字補給站

ろせんず 路線図 ro.se.n.zu 路線圖	じこくひょう 時刻表 ji.ko.ku.hyo.o 時刻表	いちにちじょうしゃけん 一日乗車券 i.chi.ni.chi jo.o.sha.ke.n 一日乘車券	かいさつぐち 改札口 ka.i.sa.tsu.gu.chi 檢票口

とっきゅうけん 特急券 to.k.kyu.u.ke.n 特急券 ※視鐵路公司的不同，有的特急需要購買特急券，有的不需要。	みどり まどぐち 緑の窓口 mi.do.ri no ma.do.gu.chi 綠色窗口 （JR票務櫃檯）	けん グリーン券 gu.ri.i.n.ke.n 綠色乘車券 ※搭乘JR綠色車廂的乘車券。

にゅうじょうけん 入場券 nyu.u.jo.o.ke.n 入場券	ゆうせんせき 優先席 yu.u.se.n.se.ki 博愛座	えき 駅 e.ki 車站	てい バス停 ba.su te.e 公車站
そうげい 送迎バス so.o.ge.e ba.su 接送巴士	かんこう 観光バス ka.n.ko.o ba.su 觀光巴士	じゅんかい 巡回バス ju.n.ka.i ba.su 巡迴巴士	しゅうゆうけん 周遊券 shu.u.yu.u.ke.n 周遊券
かいすうけん 回数券 ka.i.su.u.ke.n 回數票	まちあいしつ 待合室 ma.chi.a.i.shi.tsu 候車室	えきべん 駅弁 e.ki.be.n 鐵路便當	ちえん 遅延 chi.e.n 誤點

きょうと 京都
kyo.o.to
京都

長久以來京都一直都是外國觀光客旅日的熱門首選，名列世界文化遺產的神社寺院、古色古香的老建築、四季更迭的自然景觀、出沒在祇園街道巷弄的藝妓舞妓、傳統和服體驗、京都料理與抹茶甜點、洋溢和風氛圍的小物，都是吸引遊客造訪京都的魅力所在。

若是初次造訪京都，不妨先將行程鎖定在「清水寺周邊」、「祇園・河原町」、「嵐山」這京都最有人氣的三大區域。若適逢春櫻盛開或秋楓正紅的時節，也可以櫻花或楓葉景緻知名的社廟或景勝區來做安排。像春天的平安神宮、哲學之道，深秋的清水寺、東福寺、龍安寺等，皆讓人神往。此外，在夏季期間還可在鴨川沿岸或貴船的「**川床**（かわどこ）」（河面上架設的納涼處）享受京都傳統美食，這也是難得的體驗。

被列入世界文化遺產的「16社寺1城」，也絕對是行程規劃時不宜遺漏的景點，如金閣寺、銀閣寺、二条城、平等院，不一窺其廬山真面目，豈不令人扼腕。

若想祈福請願，京都也有不少相傳很靈驗的神社寺廟或能量景點值得一訪。像是祈求良緣的地主神社和下鴨神社（賀茂御祖神社）、生意興隆的伏見稻荷大社，以及擁有延命長壽、學業進步、戀愛成就「神效」三道泉水的清水寺音羽瀑布，也很推薦穿插在旅程之中。

03 住宿篇

チェックインをお願(ねが)いします。

我要辦理入住手續。

お名前(なまえ)をいただけますか。

能請教您大名嗎？

林(りん)と申(もう)します。チェックインをお願(ねが)いします。

ri.n to mo.o.shi.ma.su che.k.ku i.n o o ne.ga.i shi.ma.su

我姓林。我要辦理入住手續。

說明

「申(もう)す」是「言(い)う」（叫做）的謙讓語，語感上較「言(い)う」客氣。「と」為表示前面說的話、名稱等內容，後面接「言(い)う」為常見的用法。若想表示有預約，前面的句子可說成「予約(よやく)していた林(りん)です」（我有預約姓林）。

把下面的單字套進去說說看

陳(ちん) chi.n 陳	張(ちょう) cho.o 張	王(おう) o.o 王
黃(こう) ko.o 黃	李(り) ri 李	葉(よう) yo.o 葉

チェックインまで、荷物(にもつ)を預(あず)かってもらえますか。

che.k.ku i.n ma.de ni.mo.tsu o a.zu.ka.t.te mo.ra.e.ma.su ka

可以幫我保管行李到辦理入住手續為止嗎？

說明

若在辦理入住手續時間之前提早到飯店旅館，可以問「**早(はや)めにチェックインできますか**」（可以早一點辦理入住手續嗎），如果房間已經準備好，通常是沒問題的。如果不行，還是可以寄放行李，先去繞一圈再來辦理入住手續。

把下面的單字套進去說說看

スーツケース
su.u.tsu ke.e.su
行李箱

コート
ko.o.to
外套

傘(かさ)
ka.sa
傘

シングルをお願(ねが)いします。

shi.n.gu.ru o o ne.ga.i shi.ma.su

我要單人房。

說明

「**お願(ねが)いします**」為「**願(ねが)います**」（請求）的謙讓語。是由「**お**＋動詞**ます**形＋**します**」變化而來。「**を**」表示「動作所及的對象」，也就是請託的內容。這個句型不論是在飯店、旅館或是餐廳，有需要服務或幫忙時都用得到。

把下面的單字套進去說說看

和室(わしつ)
wa.shi.tsu
和室

洋室(ようしつ)
yo.o.shi.tsu
西式房間

海(うみ)の見(み)える部屋(へや)
u.mi no mi.e.ru he.ya
看得到海的房間

露天風呂(ろてんぶろ)付(つ)きの部屋(へや)
ro.te.n.bu.ro tsu.ki no he.ya
附露天浴池的房間

～号室(ごうしつ)のカギ
～go.o.shi.tsu no ka.gi
～號房的鑰匙

ルームサービス
ru.u.mu sa.a.bi.su
客房服務

ダブル
da.bu.ru
一個雙人床的雙人房

ツイン
tsu.i.n
兩個床的雙人房

トリプル
to.ri.pu.ru
三人房

禁煙(きんえん)ルーム
ki.n.e.n ru.u.mu
禁菸客房

部屋(へや)の掃除(そうじ)
he.ya no so.o.ji
打掃房間

エキストラベッド
e.ki.su.to.ra be.d.do
加床

バリアフリールーム
ba.ri.a fu.ri.i ru.u.mu
無障礙客房

モーニングコール
mo.o.ni.n.gu ko.o.ru
Morning Call

クリーニング
ku.ri.i.ni.n.gu
送洗

大浴場(だいよくじょう)は何階(なんがい)ですか。

da.i.yo.ku.jo.o wa na.n.ga.i de.su ka

大澡堂是在幾樓呢？

說明

日本很多旅館會刻意在晚間和清晨將「**男湯**(おとこゆ)」（男浴室）、「**女湯**(おんなゆ)」（女浴室）調換，以提供顧客不同的享受，可別一大早跑錯地方喔。另外，除了「**何階**(なんがい)」，3樓也要念成「**3階**(さんがい)」，其他樓數則念成「**階**(かい)」。

把下面的單字套進去說說看

食堂(しょくどう) sho.ku.do.o 餐廳	宴会場(えんかいじょう) e.n.ka.i.jo.o 宴會場地	カラオケルーム ka.ra.o.ke ru.u.mu 卡拉OK室
ゲームコーナー ge.e.mu ko.o.na.a 遊樂場	バー ba.a 酒吧	ジム ji.mu 健身房

夕食(ゆうしょく)は何時(なんじ)から、何時(なんじ)までですか。

yu.u.sho.ku wa na.n.ji ka.ra na.n.ji ma.de de.su ka

晚餐是幾點開始到幾點為止呢？

說明

「から」（開始）常和「まで」（到）連用，分別表示時間的起點、終點或期限。另外，還有一個和「まで」類似的說法——「までに」，譯為「之前」，例如「夕食(ゆうしょく)の予約(よやく)は1時間前(いちじかんまえ)までにお願(ねが)いします」（晚餐請最晚在1小時之前預約）。

把下面的單字套進去說說看

朝食(ちょうしょく) cho.o.sho.ku 早餐	風呂(ふろ) fu.ro 澡堂，浴室，浴池	プール pu.u.ru 游泳池
売店(ばいてん) ba.i.te.n 小賣部	テニスコート te.ni.su ko.o.to 網球場	マッサージ ma.s.sa.a.ji 按摩

マッサージチェアの使(つか)い方(かた)を教(おし)えていただけますか。

ma.s.sa.a.ji che.a no tsu.ka.i.ka.ta o o.shi.e.te i.ta.da.ke.ma.su ka

可以教我按摩椅的用法嗎？

說明

「使(つか)い方(かた)」為「使(つか)う」的動詞**ます**形＋「方(かた)」所成的複合名詞，意指「使用方法」。另外句中的「**いただけます**」是「**いただきます**」的可能形，表示「可以幫我～」的意思，也可以說成「**もらえます**」，因為「**いただける**」是「**もらえます**」的謙讓語，前者的語氣更為客氣。

把下面的單字套進去說說看

セーフティボックス se.e.fu.ti bo.k.ku.su 保險櫃	リモコン ri.mo.ko.n 遙控器，選台器	シャワー sha.wa.a 淋浴
エアコン e.a.ko.n 空調	電話(でんわ) de.n.wa 電話	電気(でんき)ケトル de.n.ki ke.to.ru 快煮壺

ドライヤーを貸（か）してください。

do.ra.i.ya.a o ka.shi.te ku.da.sa.i

請借我吹風機。

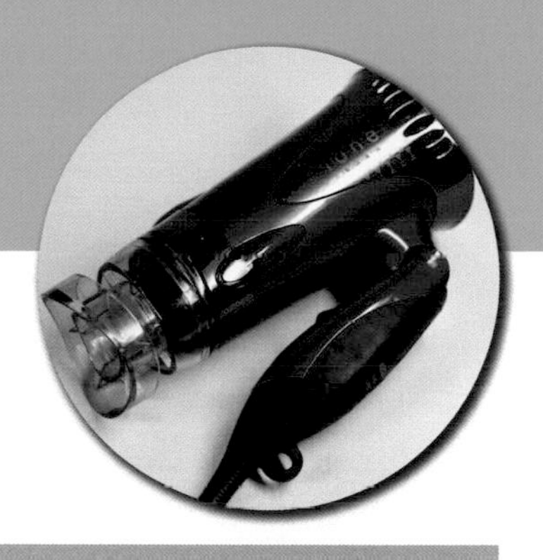

說明

「**貸（か）す**」是將東西借出去，本句就是請櫃檯把吹風機出借給我的意思。反之，「**借（か）りる**」表示跟人借，把東西借進來的意思。如果要用這個單字的話，可說成「**ドライヤーを借（か）りていいですか**」（可以跟你借吹風機嗎）。

把下面的單字套進去說說看

アイロン a.i.ro.n 熨斗	卓球（たっきゅう）ラケット ta.k.kyu.u ra.ke.t.to 桌球拍	将棋（しょうぎ） sho.o.gi 將棋
テニスラケット te.ni.su ra.ke.t.to 網球拍	針（はり）と糸（いと） ha.ri to i.to 針和線	浮（う）き輪（わ） u.ki.wa 游泳圈

MP3-037

ドアの鍵が壊れています。

do.a no ka.gi ga ko.wa.re.te i.ma.su

房門鑰匙壞了。

說明

「**鍵が壊れる**」、「**電気がつく**」這類的動詞若加上表示過去的「**た**」，也就是「**鍵が壊れた**」、「**電気がついた**」，表示的是「鑰匙壞了」、「燈亮了」這個變化。在這變化之後因為通常會有持續性的結果，要描述這變化結果的持續，就要用「**～ている**」，也就是本句「**壊れています**」。

把下面的單字套進去說說看

電気
de.n.ki
電燈

冷蔵庫
re.e.zo.o.ko
冰箱

蛇口
ja.gu.chi
水龍頭

テレビ
te.re.bi
電視

トイレ
to.i.re
馬桶

でんき
電気ポット
de.n.ki po.t.to
熱水瓶

カードキー
ka.a.do ki.i
鑰匙卡

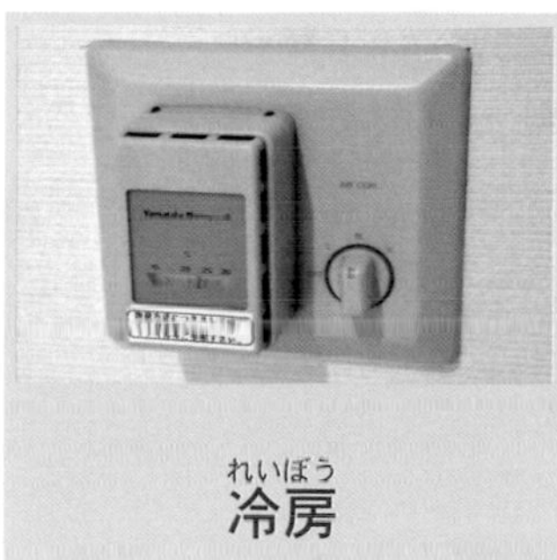

れいぼう
冷房
re.e.bo.o
冷氣

だんぼう
暖房
da.n.bo.o
暖氣

コンセント
ko.n.se.n.to
插座

カーテン
ka.a.te.n
窗簾

きんこ
金庫
ki.n.ko
保險櫃

部屋（へや）にシャンプーがありません。

he.ya ni sha.n.pu.u ga a.ri.ma.se.n

房裡沒有洗髮精。

說明

「に」表示「事物存在的場所與位置」，「**～に～があります**」的否定形「**～に～がありません**」可用來表示房間缺什麼東西。雖然日本的飯店旅館相當貼心，大體上備用品都準備得很周全，偶爾失誤沒補充到的話，一定要打電話到櫃檯要求補充喔。

把下面的單字套進去說說看

リンス
ri.n.su
潤絲精

ハンドソープ
ha.n.do.so.o.pu
洗手乳

石（せっ）けん
se.k.ke.n
肥皂

バスタオル
ba.su.ta.o.ru
浴巾

トイレットペーパー
to.i.re.t.to pe.e.pa.a
衛生紙

ゆかた
浴衣
yu.ka.ta
浴衣

ティーバッグ
ti.i.ba.g.gu
茶包

ティッシュ
ti.s.shu
面紙

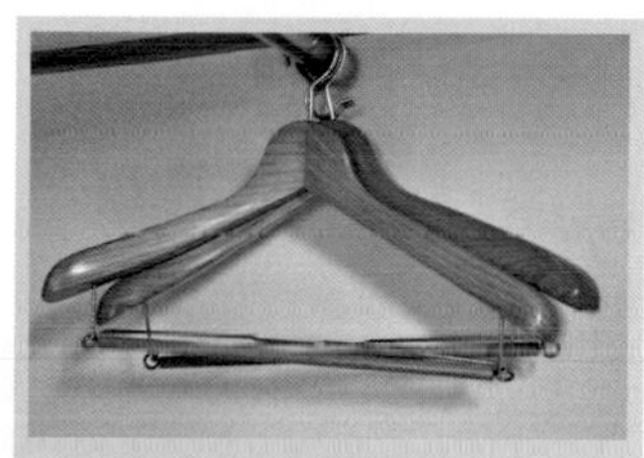

ハンガー
ha.n.ga.a
衣架

スリッパ
su.ri.p.pa
拖鞋

ゆ の
湯呑み
yu.no.mi
茶杯

グラス
gu.ra.su
玻璃杯

ヘアキャップ
he.a.kya.p.pu
浴帽

カミソリ
ka.mi.so.ri
刮鬍刀

せん ぬ
栓抜き
se.n.nu.ki
開瓶器

チェックイン
che.k.ku i.n
辦理入住手續

客：**チェックインをお願いします。**
kya.ku che.k.ku i.n o o ne.ga.i shi.ma.su
客人：我要辦理入住手續。

フロント：お名前をいただけますか。
fu.ro.n.to o na.ma.e o i.ta.da.ke.ma.su ka
櫃檯：能請教您大名嗎？

客：**林と申します。**
kya.ku ri.n to mo.o.shi.ma.su
客人：我姓林。

フロント：かしこまりました。こちらの宿泊カードにご記入をお願いします。
fu.ro.n.to ka.shi.ko.ma.ri.ma.shi.ta ko.chi.ra no shu.ku.ha.ku ka.a.do ni go.ki.nyu.u o o ne.ga.i shi.ma.su
櫃檯：了解了。麻煩您填寫一下這裡的住宿卡。

旅遊小補帖｜日本大眾浴池的禮節

日本人熱愛洗澡，對入浴禮節也很重視。若有機會體驗日本的溫泉或「**銭湯**」（公共澡堂），不妨注意一下入口處懸掛的注意事項，像是進浴池之前，要先將身體洗淨、頭髮或毛巾不可以浸在浴池裡、沖水時要小心別濺到旁人、出浴室時要先擦拭身體，以免溼答答進更衣室。近年因手機幾乎都有拍照功能，為避免不必要的誤會，不可在浴室或更衣室使用手機。還有日本大多數的大眾浴池都禁止紋身者入內，即使紋身部位不大，一般還是會被婉拒。了解這些基本的禮貌和規則之後，您就可以輕鬆享受入浴的樂趣囉。

ホテルでのトラブル
ho.te.ru de no to.ra.bu.ru
在飯店裡的困擾

客：もしもし、７０１号室ですが、部屋にタオルがありません。すぐ持ってきてもらえませんか。
kya.ku mo.shi.mo.shi na.na.ma.ru.i.chi go.o.shi.tsu de.su ga he.ya ni ta.o.ru ga a.ri.ma.se.n su.gu mo.t.te ki.te mo.ra.e.ma.se.n ka
客人：喂，我是701號房，房裡沒有毛巾。可以馬上幫我拿過來嗎？

フロント：大変申し訳ございませんでした。今すぐお持ちいたします。
fu.ro.n.to ta.i.he.n mo.o.shi.wa.ke.go.za.i.ma.se.n.de.shi.ta i.ma su.gu o mo.chi i.ta.shi.ma.su
櫃檯：真的很抱歉。現在馬上拿過去。

客：あと、冷房があまり効かないので、ついでに見てもらえますか。
kya.ku a.to re.e.bo.o ga a.ma.ri ki.ka.na.i no.de tsu.i.de.ni mi.te mo.ra.e.ma.su ka
客人：還有，因為冷氣不太冷，能順便幫我看看嗎？

フロント：かしこまりました。今すぐお伺いいたします。
fu.ro.n.to ka.shi.ko.ma.ri.ma.shi.ta i.ma su.gu o u.ka.ga.i i.ta.shi.ma.su
櫃檯：了解了。現在馬上過去。

旅遊小補帖｜旅館的浴衣怎麼穿才漂亮

日本的飯店和旅館都會提供舒適的「浴衣」給旅客使用。雖然是簡便的和服，穿法不必太講究，但要穿得好看舒適還是有點訣竅，不知道怎麼穿的朋友可參考看看如下的穿法：

① 衣襟切記要右下左上（自己的方向，左下右上是往生者的穿法）。※男女皆同
② 衣襟拉正，下襬要成一直線。
③ 腰帶繞兩圈（女性在肚臍上方，男性在肚臍下方）。
④ 女性打蝴蝶結，男性打單結。
⑤ 蝴蝶結位置，側邊或後方皆可。

辦理入住手續時的對話

1

貴重品（きちょうひん）を預（あず）かってもらえますか。

ki.cho.o.hi.n o a.zu.ka.t.te mo.ra.e.ma.su ka

可以幫我保管貴重物品嗎？

2

レストランの予約（よやく）をお願（ねが）いしたいんですが……。

re.su.to.ra.n no yo.ya.ku o o ne.ga.i shi.ta.i n de.su ga

我想要麻煩你預約餐廳……。

ご希望（きぼう）の時間（じかん）はありますか。

go ki.bo.o no ji.ka.n wa a.ri.ma.su ka

您有希望的時間嗎？

～時（じ）でお願（ねが）いします。

～ji de o ne.ga.i shi.ma.su

麻煩你～點。

3

私宛（わたしあて）に伝言（でんごん）はありませんか。

wa.ta.shi.a.te ni de.n.go.n wa a.ri.ma.se.n ka

有給我的留言嗎？

在飯店裡需要幫助時的對話

1

トイレの水（みず）が流（なが）れません。

to.i.re no mi.zu ga na.ga.re.ma.se.n

馬桶無法沖水。

2

お湯（ゆ）が出（で）ません。

o yu ga de.ma.se.n

熱水出不來。

MP3-042

3

コンセントが見(み)つかりません。

ko.n.se.n.to ga mi.tsu.ka.ri.ma.se.n

找不到插座。

4

インターネットへの接続(せつぞく)ができません。

i.n.ta.a.ne.t.to e no se.tsu.zo.ku ga de.ki.ma.se.n

網路無法連線。

5

隣(となり)の部屋(へや)がうるさいです。

to.na.ri no he.ya ga u.ru.sa.i de.su

隔壁的房間很吵。

6

部屋(へや)を替(か)えていただけますか。

he.ya o ka.e.te i.ta.da.ke.ma.su ka

可以幫我換房間嗎？

7

鍵(かぎ)を部屋(へや)に置(お)き忘(わす)れたんですが……。

ka.gi o he.ya ni o.ki.wa.su.re.ta n de.su ga

鑰匙忘在房間裡了……。

8

セーフティボックスの暗証番号(あんしょうばんごう)を忘(わす)れてしまったんですが……。

se.e.fu.ti bo.k.ku.su no a.n.sho.o.ba.n.go.o o wa.su.re.te shi.ma.t.ta n de.su ga

忘記保險箱的密碼了……。

9

すぐに誰(だれ)かをよこしてもらえますか。

su.gu ni da.re ka o yo.ko.shi.te mo.ra.e.ma.su ka

可以請誰馬上過來嗎？

10

料金(りょうきん)は部屋(へや)につけてください。

ryo.o.ki.n wa he.ya ni tsu.ke.te ku.da.sa.i

請把費用記在房間上。

辦理退房手續時的對話

MP3-043

1

チェックアウトの時間(じかん)を遅(おく)らせることはできますか。

che.k.ku a.u.to no ji.ka.n o o.ku.ra.se.ru ko.to wa de.ki.ma.su ka

可以延遲辦理退房手續的時間嗎？

2

お支払(しはら)いはどうなさいますか。

o shi.ha.ra.i wa do.o na.sa.i.ma.su ka

請問您要怎麼付費呢？

現金(げんきん) / カードでお願(ねが)いします。

ge.n.ki.n / ka.a.do de o ne.ga.i shi.ma.su

要用現金 / 刷卡。

3

これは何(なん)の料金(りょうきん)ですか。

ko.re wa na.n no ryo.o.ki.n de.su ka

這是什麼費用呢？

これは入湯税(にゅうとうぜい)です。

ko.re.wa nyu.u.to.o.ze.e de.su

這是溫泉稅。

4

部屋(へや)に忘(わす)れ物(もの)をしたんですが……。

he.ya ni wa.su.re.mo.no o shi.ta n de.su ga

有東西忘在房間裡……。

5

午後(ごご)まで荷物(にもつ)を預(あず)かってもらえますか。

go.go ma.de ni.mo.tsu o a.zu.ka.t.te mo.ra.e.ma.su ka

可以幫我保管行李到下午嗎？

6

預(あず)かってもらった荷物(にもつ)をお願(ねが)いします。

a.zu.ka.t.te mo.ra.t.ta ni.mo.tsu o o ne.ga.i shi.ma.su

麻煩你幫我拿寄存的行李。

MP3-044

單字補給站

部屋番号（へやばんごう）	he.ya.ba.n.go.o	房間號碼
サウナ	sa.u.na	三溫暖
エステ	e.su.te	美膚沙龍
ロビー	ro.bi.i	大廳
更衣室（こういしつ）	ko.o.i.shi.tsu	更衣室
非常口（ひじょうぐち）	hi.jo.o.gu.chi	逃生口
非常階段（ひじょうかいだん）	hi.jo.o.ka.i.da.n	逃生樓梯，太平梯
コイン ランドリー	ko.i.n ra.n.do.ri.i	投幣式洗衣機
朝食クーポン（ちょうしょく）	cho.o.sho.ku ku.u.po.n	早餐
電球（でんきゅう）	de.n.kyu.u	燈泡
シーツ	shi.i.tsu	床單
喫煙コーナー（きつえん）	ki.tsu.e.n ko.o.na.a	吸菸處
利用券（りようけん）	ri.yo.o.ke.n	使用券
蚊取り線香（かとりせんこう）	ka.to.ri.se.n.ko.o	蚊香
無料（むりょう）	mu.ryo.o	免費
有料（ゆうりょう）	yu.u.ryo.o	收費
自動販売機（じどうはんばいき）	ji.do.o.ha.n.ba.i.ki	自動販賣機
製氷機（せいひょうき）	se.e.hyo.o.ki	製冰機
内線電話（ないせんでんわ）	na.i.se.n de.n.wa	內線電話
明細書（めいさいしょ）	me.e.sa.i.sho	明細表

かまくら
鎌倉
ka.ma.ku.ra
鎌倉

武家的古都鎌倉是個環山面海的小城，散居各處的神社寺廟、豐富的歷史文物、隨四季更迭饒富變化的自然景觀、獨樹一幟的在地美食，都是吸引旅客造訪鎌倉的理由。雖說是小城，但要踏遍鎌倉、吃盡鎌倉可不容易，不妨以鎌倉車站為中心來延伸腳步。

位於車站東側的鶴岡八幡宮、小町通和若宮大路一帶是鎌倉最熱鬧、最人氣的觀光地區。新來乍到鎌倉的朋友，可先到象徵鎌倉的鶴岡八幡宮參拜。鶴岡八幡宮就座落在鎌倉的中心位置，是祭祀源氏守護神的神社，境內重建於江戶時代的本社殿和若宮都是國家指定的重要文化財。境內珍藏雕刻、繪畫、工藝品的國寶館、夏日期間荷花滿開的平家、源氏池和牡丹園也值得一訪。

欣賞神社寺廟、文物與自然美景之外，車站周邊的在地美食，當然不能錯過。神社寺廟聚集之地，當然少不了「**精進料理**（しょうじんりょうり）」（素食料理），而結合鎌倉地產蔬菜、湘南沿海的海鮮、葉山牛、湘南豬所成的各式餐點，更令人垂涎。若宮大路、小町通、鎌倉車站西口，以及串連若宮大路和小町通之間的巷弄，更聚集了難以計數的餐飲店。若時間還有餘裕，一定要搭乘能夠飽覽湘南海岸風景的「江之電」，各站的著名景勝，一定能讓您大飽眼福。

04 飲食篇

ご注文（ちゅうもん）はお決（き）まりですか。

決定餐點了嗎？

豚骨（とんこつ）ラーメンを1（ひと）つください。

請給我1份豬骨拉麵。

きんえんせき　　　ねが
禁煙席をお願いできますか。

ki.n.e.n se.ki o o ne.ga.i de.ki.ma.su ka

可以麻煩你禁菸席嗎？

說明

助詞「**を**」表示「請託的對象內容」，另外本句也可以說成「**～でお願**（ねが）**いします**」表示「以～的方式」來拜託。在這裡提醒大家，日本的餐廳不像臺灣全面禁菸，大致上會分禁菸區和吸菸區，也有分時段禁菸，例如午餐時間全面禁菸，晚間分區禁菸，還有大部分的居酒屋都不會禁菸。

把下面的單字套進去說說看

きつえんせき 喫煙席 ki.tsu.e.n se.ki 吸菸席	まどぎわ　せき 窓際の席 ma.do.gi.wa no se.ki 靠窗的位子	ざしきせき 座敷席 za.shi.ki se.ki 榻榻米房間的位子
せき テーブル席 te.e.bu.ru se.ki 桌席	せき テラス席 te.ra.su se.ki 陽台的位子	こしつ 個室 ko.shi.tsu 包廂

ちゅうもん
注文してもいいですか。

chu.u.mo.n.shi.te mo i.i de.su ka

可以點餐了嗎？

說明

「動詞ます形＋てもいいですか」是用來請求對方允許是否能夠做某事的句型。當動詞為撥音便的第一類動詞和「—・ぎます」時，該句型的接續方式就必須是「～でもいいですか」，例如「今飲(いまの)んでもいいですか」（現在可以喝嗎）、「ここで泳(およ)いでもいいですか」（這裡可以游泳嗎）。

把下面的單字套進去說說看

ついか 追加 tsu.i.ka 追加	へんこう 変更 he.n.ko.o 變更	キャンセル kya.n.se.ru 取消

豚骨（とんこつ）ラーメンを1（ひと）つください。

to.n.ko.tsu ra.a.me.n o hi.to.tsu ku.da.sa.i

請給我1份豬骨拉麵。

說明

要嚐遍日本美食，一定要學會這個最基本的句型。還有，如果一時搞不清「本（ほん）」（瓶，串）、「皿（さら）」（盤）、「杯（はい）」（碗，杯）這些單位的話，使用「1（ひと）つ」（1份）、「2（ふた）つ」（2份）這種和語數量詞是最簡便的方法。

把下面的單字套進去說說看

刺身盛り合わせ（さしみもりあわせ）
sa.shi.mi mo.ri.a.wa.se
生魚片拼盤

握（にぎ）りずし
ni.gi.ri.zu.shi
握壽司

山菜（さんさい）そば
sa.n.sa.i so.ba
山菜蕎麥麵

つき み
月見うどん
tsu.ki.mi u.do.n
月見（生雞蛋）烏龍麵

てん
天ぷら
te.n.pu.ra
天婦羅

かいせんどん
海鮮丼
ka.i.se.n.do.n
海鮮蓋飯

あんみつ
餡蜜
a.n.mi.tsu
蜜豆

ていしょく
うなぎ定食
u.na.gi te.e.sho.ku
鰻魚定食

フルーツパフェ
fu.ru.u.tsu pa.fe
水果聖代

オムライス
o.mu.ra.i.su
蛋包飯

カレーライス
ka.re.e ra.i.su
咖哩飯

や
焼きそば
ya.ki.so.ba
炒麵

これ
ko.re
這個
（手指著菜單）

これとこれ
ko.re to ko.re
這個和這個
（手指著菜單）

おな
あれと同じもの
a.re to o.na.ji mo.no
和那個同樣的東西
（手指著隔桌的餐點）

ドリンク付(つ)きでお願(ねが)いします。

do.ri.n.ku tsu.ki de o ne.ga.i shi.ma.su

麻煩你附飲料。

說明

「名詞＋**付(つ)き**」，表示「附～」的意思。類似的用法還有「動詞**ます**形＋**たて**」表示「動作剛完成不久」，例如「**焼(や)きたて**」（剛烤好的）、「**搾(しぼ)りたて**」（剛擠好的）、「**揚(あ)げたて**」（剛炸好的）等，都是日本餐廳的菜單上常見的字眼喔。

把下面的單字套進去說說看

前菜(ぜんさい)
ze.n.sa.i
前菜

食前酒(しょくぜんしゅ)
sho.ku.ze.n.shu
餐前酒

デザート
de.za.a.to
甜點

すみません、サラダのお代(か)わりをください。

su.mi.ma.se.n sa.ra.da no o ka.wa.ri o ku.da.sa.i

不好意思，請再給我1份沙拉。

說明

「**すみません**」除了「對不起」之外，在不同的情況也有不同的語意。例如麻煩店員替您倒水拿碗之後，通常會說「**すみません**」而不是「**ありがとう**」（謝謝），意指「麻煩你了」。「**お代(か)わり**」則表示「續杯，續碗，續盤」的意思。

把下面的單字套進去說說看

水(みず)
mi.zu
冷開水

味噌汁(みそしる)
mi.so.shi.ru
味噌湯

ごはん
go.ha.n
飯

氷(こおり)なしにしてください。

ko.o.ri na.shi ni shi.te ku.da.sa.i

請去冰。

說明

本句的「**～にしてください**」是指將東西做成～樣的狀態。例如本句的「**なし**」（不加）和下面單字的「**少**(すく)**なめ**」（少一點）、「**多**(おお)**め**」（多一點）、「**抜**(ぬ)**き**」（除去）。另外，不要「**わさび**」（芥末）時，一般的慣用說法是「**さび抜**(ぬ)**き**」。

把下面的單字套進去說說看

氷少(こおりすく)なめ ko.o.ri su.ku.na.me 少冰	ミルク多(おお)め mi.ru.ku o.o.me 牛奶多一點	さび抜(ぬ)き sa.bi.nu.ki 不要芥末
中辛(ちゅうから) chu.u.ka.ra 中辣	ミディアム mi.di.a.mu 五分熟	レア re.a 三分熟

にんにくおろしを入(い)れないでください。

ni.n.ni.ku o.ro.shi o i.re.na.i.de ku.da.sa.i

請不要放蒜泥。

說明

請求做某動作的「～てください」（請～），當動詞是撥音便的第一類型動詞或是「～ぎます」時，後面就要接「でください」。上述這個句型的否定型即「動詞ない形＋ないでください」（請不要～）。有不能吃的東西或挑食的朋友，一定要把這個句型記起來。

把下面的單字套進去說說看

葱(ねぎ) ne.gi 蔥	生姜(しょうが) sho.o.ga 薑	胡椒(こしょう) ko.sho.o 胡椒
唐辛子(とうがらし) to.o.ga.ra.shi 辣椒	七味(しちみ) shi.chi.mi 七味辣椒粉	スパイス su.pa.i.su 香料

これをもう1杯(いっぱい)ください。

ko.re o mo.o i.p.pa.i ku.da.sa.i

這個請再來1碗。

說明

數量詞因數量的不同，念法會不一樣，像2碗要念成「2杯(にはい)」，3碗就要念成「3杯(さんばい)」。還有即使數量相同，若單位不一樣，念法也不一樣，如下述的「1本(いっぽん)」、「1皿(ひとさら)」、「1人前(いちにんまえ)」。更詳盡的內容，請參考08數字篇的用法。

把下面的單字套進去說說看

1本(いっぽん)	1皿(ひとさら)	1貫(いっかん)
i.p.po.n	hi.to.sa.ra	i.k.ka.n
1瓶（串）	1盤	1貫（壽司的單位）

1人前(いちにんまえ)	1個(いっこ)	1つ(ひと)
i.chi.ni.n.ma.e	i.k.ko	hi.to.tsu
1人份	1個	1個

おすすめのコースはありますか。

o.su.su.me no ko.o.su wa a.ri.ma.su ka

有推薦的套餐嗎？

說明

當您看到琳瑯滿目的菜單和酒單，很難下抉擇的話，詢問店員是最快捷的方法。還有，日本大部分的餐飲店，特別是居酒屋都會準備「**本日**（ほんじつ）**のおすすめ**」（今天的推薦）的菜單，這也是很好的參考喔。

把下面的單字套進去說說看

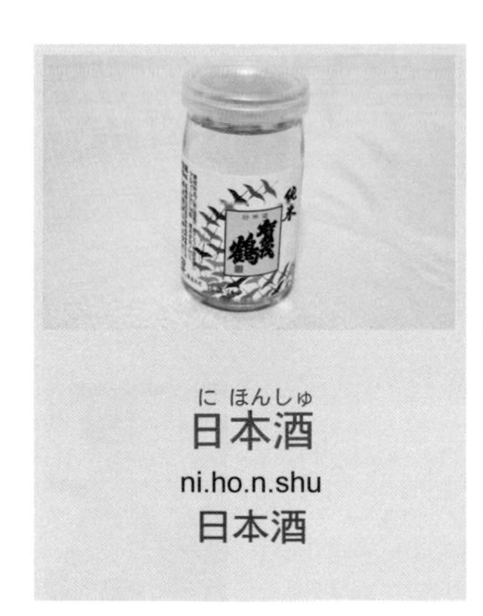

日本酒（にほんしゅ）

ni.ho.n.shu

日本酒

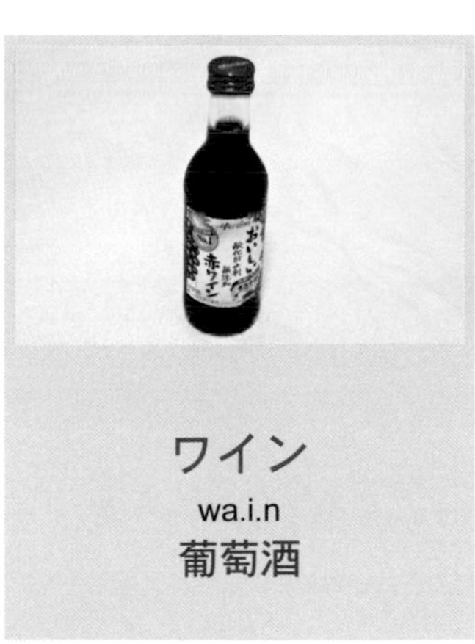

ワイン

wa.i.n

葡萄酒

焼酎（しょうちゅう）

sho.o.chu.u

燒酒

注文(ちゅうもん)
chu.u.mo.n
點菜

店員(てんいん)：ご注文(ちゅうもん)はお決(き)まりですか。
te.n.i.n go.chu.u.mo.n wa o ki.ma.ri de.su ka
店員：決定餐點了嗎？

客(きゃく)：豚骨(とんこつ)ラーメンを1(ひと)つください。
kya.ku to.n.ko.tsu ra.a.me.n o hi.to.tsu ku.da.sa.i
客人：請給我1份豬骨拉麵。

店員(てんいん)：豚骨(とんこつ)ラーメン1(ひと)つですね。以上(いじょう)でよろしいですか。
te.n.i.n to.n.ko.tsu ra.a.me.n hi.to.tsu de.su ne i.jo.o de yo.ro.shi.i de.su ka
店員：豬骨拉麵1份是吧。這樣就好了嗎？

客(きゃく)：あと、生(なま)ビールと焼(や)き餃子(ぎょうざ)もお願(ねが)いします。
kya.ku a.to na.ma.bi.i.ru to ya.ki.gyo.o.za mo o ne.ga.i shi.ma.su
客人：還有，也麻煩您給我生啤酒和煎餃。

旅遊小補帖｜日本居酒屋常見的酒類與喝法

種類	喝法
「生(なま)ビール」（生啤酒）	「ピッチャー」（壺裝）、「大(だい)」（大）、「中(ちゅう)」（中）、「小(しょう)」（小）
「日本酒(にほんしゅ)」（日本酒）	「冷酒(れいしゅ)」（冷酒）、「熱燗(あつかん)」（熱酒）、「温燗(ぬるかん)」（溫酒）
「焼酎(しょうちゅう)」（燒酒）	「ロック」（加冰塊）、「水割(みずわ)り」（加水）、「お湯割(ゆわ)り」（加熱水）、「ソーダ割(わ)り」（加汽水）
「ワイン」（葡萄酒）	「グラス」（杯裝）、「ボトル」（瓶裝）

※日本要20歲以上才可以飲酒。

ついか
追加
tsu.i.ka
追加

きゃく　ちゅうもん　ついか
客：すみません、注文を追加してもいいですか。
kya.ku su.mi.ma.se.n chu.u.mo.n o tsu.i.ka.shi.te mo i.i de.su ka
客人：不好意思，可以加點嗎？

てんいん
店員：はい、どうぞ。
te.n.i.n ha.i do.o.zo
店員：好的，請說。

きゃく　とくじょう　ひと　ぬ　ねが
客：特上にぎりをもう１つください。さび抜きでお願いします。
kya.ku to.ku.jo.o ni.gi.ri o mo.o hi.to.tsu ku.da.sa.i sa.bi.nu.ki de o ne.ga.i shi.ma.su
客人：請再給我1份高級握壽司。麻煩不要放芥末。

てんいん　とくじょう　ひと　ぬ　しょうしょう　ま
店員：特上にぎりを１つ、さび抜きですね。少々お待ちください。
te.n.i.n to.ku.jo.o ni.gi.ri o hi.to.tsu sa.bi.nu.ki de.su ne sho.o.sho.o o ma.chi ku.da.sa.i
店員：高級握壽司1份，不要芥末是嗎。請稍等一下。

旅遊小補帖｜怎麼吃壽司才漂亮

壽司料理源起於路邊攤，所以沒什麼繁文縟節，用手吃、用筷子吃都無所謂。不過常看到有些朋友夾壽司時，飯與配料常會散開，更糗的是沾了醬油之後，整個醬油碟子裡掉滿了飯粒。如果要吃得漂亮，可把壽司的一邊倒向側方，再夾起來沾醬油，至於軍艦類的壽司，可利用醋薑沾醬油來食用。

① 先把壽司倒向一邊。

② 再以配料沾醬油。

③ 軍艦類壽司可利用醋薑來沾醬油。

點菜時的對話

1

メニューをください。
me.nyu.u o ku.da.sa.i
請給我菜單。

2

お飲(の)み物(もの)はいかがですか。
o no.mi.mo.no wa i.ka.ga de.su ka
需要飲料嗎？

飲(の)み物(もの)は何(なに)がありますか。
no.mi.mo.no wa na.ni ga a.ri.ma.su ka
有什麼飲料呢？

けっこうです。
ke.k.ko.o de.su
不用了。

ホットとアイスがございますが、どちらになさいますか。
ho.t.to to a.i.su ga go.za.i.ma.su ga do.chi.ra ni na.sa.i.ma.su ka
有熱的和冰的，請問要哪一樣呢？

ホットでお願(ねが)いします。
ho.t.to de o ne.ga.i shi.ma.su
請給我熱的。

お飲(の)み物(もの)はいつお持(も)ちしましょうか。
o no.mi.mo.no wa i.tsu o mo.chi shi.ma.sho.o ka
飲料什麼時候端過來呢？

食事(しょくじ)と一緒(いっしょ)でお願(ねが)いします。
sho.ku.ji to i.s.sho de o ne.ga.i shi.ma.su
請和餐點一起。

食後(しょくご)でお願(ねが)いします。
sho.ku.go de o ne.ga.i shi.ma.su
請餐後。

用餐時的對話

MP3-057

1

ご注文の品はすべてお揃いですか。

go chu.u.mo.n no shi.na wa su.be.te o so.ro.i de.su ka

您點的品項全到齊了嗎？

いいえ、焼き鳥がまだ来ていないです。

i.i.e ya.ki.to.ri ga ma.da ki.te i.na.i de.su

不，烤雞肉串還沒來。

2

新しいお皿に替えてもらえますか。

a.ta.ra.shi.i o sa.ra ni ka.e.te mo.ra.e ma.su ka

可以幫我換新盤子嗎？

3

空いたお皿を下げてもらえますか。

a.i.ta o sa.ra o sa.ge.te mo.ra.e.ma.su ka

可以幫我把空盤子收走嗎？

4

食後のデザートをお願いしてもいいですか。

sho.ku.go no de.za.a.to o o ne.ga.i shi.te mo i.i de.su ka

麻煩你上餐後的點心好嗎？

5

注文した料理がまだ来ていないんですが……。

chu.u.mo.n.shi.ta ryo.o.ri ga ma.da ki.te i.na.i n de.su ga

點的菜還沒來……。

6

これは頼んでいないんですが……。

ko.re wa ta.no.n.de i.na.i n de.su ga

沒點這個……。

7

この中にごみが入っているんですが……。

ko.no na.ka ni go.mi ga ha.i.t.te i.ru n de.su ga

這裡面有髒東西……。

8

これをもう少し焼いてもらえますか。

ko.re o mo.o su.ko.shi ya.i.te mo.ra.e.ma.su ka

這個能幫我再烤（煎）熟一點嗎？

結帳時的對話

MP3-058

1

お会計（かいけい）をお願（ねが）いします。

o ka.i.ke.e o o ne.ga.i shi.ma.su

麻煩你結帳。

お会計（かいけい）はご一緒（いっしょ）でいいですか。

o ka.i.ke.e wa go i.s.sho de i.i de.su ka

一起結帳好嗎？

一緒（いっしょ）でお願（ねが）いします。

i.s.sho de o ne.ga.i shi.ma.su

麻煩你一起算。

別々（べつべつ）にしてください。

be.tsu.be.tsu ni shi.te ku.da.sa.i

請分開算。

2

お釣（つ）りが間違（まちが）っています。

o tsu.ri ga ma.chi.ga.t.te i.ma.su

錢找錯了。

大変申（たいへんもう）し訳（わけ）ございません、レシートを拝見（はいけん）してもいいですか。

ta.i.he.n mo.o.shi.wa.ke go.za.i.ma.se.n re.shi.i.to o ha.i.ke.n.shi.te mo i.i de.su ka

非常抱歉，能看一下收據嗎？

單字補給站

茶碗	ちゃわん	cha.wa.n	小碗，飯碗
小皿	こざら	ko.za.ra	小盤子
お箸	はし	o ha.shi	筷子
爪楊枝	つまようじ	tsu.ma.yo.o.ji	牙籤
シロップ		shi.ro.p.pu	糖漿
おしぼり		o shi.bo.ri	擦手巾
ストロー		su.to.ro.o	吸管
ラー油	ゆ	ra.a.yu	辣油
塩ラーメン	しお	shi.o ra.a.me.n	鹽味拉麵
しょう油ラーメン	ゆ	sho.o.yu ra.a.me.n	醬油拉麵
大盛	おおもり	o.o.mo.ri	大碗
細麺	ほそめん	ho.so me.n	細麵
太麺	ふとめん	fu.to me.n	粗麵
ちぢれ麺	めん	chi.ji.re me.n	捲麵
ソフトドリンク		so.fu.to do.ri.n.ku	不含酒精的軟性飲料
サワー		sa.wa.a	沙瓦
カクテル		ka.ku.te.ru	雞尾酒
お通し	とお	o to.o.shi	下酒小菜
お好み焼	この　やき	o.ko.no.mi.ya.ki	什錦燒
もんじゃ焼	やき	mo.n.ja.ya.ki	文字燒

たかおさん
高尾山
ta.ka.o.sa.n
高尾山

高尾山因保留豐富的自然景觀，距離東京都心又近，從新宿搭乘京王線特急電車到高尾山只需50分鐘，曾被法國米其林旅遊指南遴選為三星級的觀光勝地而聞名國際。據估計年間約有300多萬人次造訪此地，是世界登山者數最多的山峰。由於標高只有599公尺，又有登山纜車和吊椅到半山腰，較一般登山輕鬆許多，非常適合觀光客來訪。

高尾山地處於亞熱帶林和溫帶林的交界處，可同時欣賞到兩種不同的植物生態，再加上長久以來高尾山一直嚴禁亂採與濫捕動植物，因此保有豐富的自然景觀。就植物的種類來說，便高達1,300多種，其中還包含瀕臨滅絕的稀有品種，而野鳥的種類，更高居日本全國的30%，所以有「動植物寶庫」的美稱。要貼近高尾山的大自然，有6條自然研究道路與稻荷山、高尾山・陣馬山2條登山道可供選擇，每條路徑各有不同的特色與難易度，個人最推薦的是1號路線，也就是表參道行程，不僅走起來最輕鬆，高尾山著名的章魚杉、杉木夾道等景點都在這條路上，沿途還有不少提供特色小吃的茶屋，很適合初次造訪的朋友。

說到高尾山，當然不能遺漏座落在半山腰的藥王院，欣賞寺廟之美之餘，境內也有很多像「六根清靜轉輪」、「願望實現輪」、「大錫杖」、「萬寶槌」、「開運招福扇」等神器幫您開運除惡，一定要試試看。

05 觀光娛樂篇

何(なに)かおすすめの観光(かんこう)スポットはありませんか。

有沒有什麼推薦的觀光景點嗎？

極楽(ごくらく)の湯(ゆ)はいかがですか。この辺(へん)で一番大(いちばんおお)きい温泉(おんせん)ですよ。

極樂湯如何呢？是這附近最大的溫泉喔。

フロアガイドをもらっていいですか。

fu.ro.a.ga.i.do o mo.ra.t.te i.i de.su ka

可以拿樓層介紹嗎？

說明

本句也可以用「**フロアガイドをください**」（請給我樓層介紹）來表達。日本的觀光區多設有「**観光案内所**（かんこうあんないじょ）」（遊客中心）提供各種免費的導覽資料與諮詢，設備更齊全的地方如淺草，還有廁所、哺乳室、咖啡廳和外幣兌換處，可善加利用。

把下面的單字套進去說說看

あんない
案内パンフレット
a.n.na.i pa.n.fu.re.t.to
導覽手冊

かんこう ち ず
観光地図
ka.n.ko.o chi.zu
觀光地圖

わりびき
割引クーポン
wa.ri.bi.ki ku.u.po.n
折價券

何(なに)かおすすめの観光(かんこう)スポットはありませんか。

na.ni ka o.su.su.me no ka.n.ko.o su.po.t.to wa a.ri.ma.se.n ka

有沒有什麼推薦的觀光景點嗎？

說明

代名詞「何(なに)」＋疑問助詞「か」，表示「內容不是很確定的事物」。在遊客中心或跟在地人請教哪裡好玩，就可以這麼問。通常遊客中心會備有豐富詳盡的旅遊資料，有些地方還會提供中、英文版的資料，參考這些資料會有很大的幫助喔。

把下面的單字套進去說說看

レストラン re.su.to.ra.n 餐廳	おみやげ o mi.ya.ge 土產	地元料理(じもとりょうり) ji.mo.to ryo.o.ri 在地料理
民宿(みんしゅく) mi.n.shu.ku 民宿	温泉旅館(おんせんりょかん) o.n.se.n.ryo.ka.n 溫泉旅館	娯楽施設(ごらくしせつ) go.ra.ku shi.se.tsu 遊樂設施

MP3-062

ひ がえ
日帰りツアーはありますか。

hi.ga.e.ri tsu.a.a wa a.ri.ma.su ka

有當天來回的行程嗎？

說明

日本有很多鐵路公司如JR、旅行社或像「はとバス」（HATO BUS）等著名的遊覽車公司都提供有多樣又實惠的旅程。除了各家公司官網的介紹，在車站或是旅行社也有不少的資料免費提供旅客索取，有興趣的話可以預約報名，相當方便實惠。

把下面的單字套進去說說看

もも が
桃狩り

mo.mo ga.ri

採水蜜桃

はんにち
半日の

ha.n.ni.chi no

半天的

いっぱくふつ か
一泊二日の

i.p.pa.ku fu.tsu.ka no

兩天一夜的

とざん
登山
to.za.n
登山

はなみ
お花見
o ha.na.mi
賞花

スキー
su.ki.i
滑雪

おんせん
温泉
o.n.se.n
溫泉

こうよう
紅葉
ko.o.yo.o
楓葉

はなつ
花摘み
ha.na.tsu.mi
採花

のうか たいけん
農家体験
no.o.ka ta.i.ke.n
農家體驗

じんじゃめぐ
神社巡り
ji.n.ja me.gu.ri
探訪神社

こっかいけんがく
国会見学
ko.k.ka.i ke.n.ga.ku
參觀國會

ツアー料金(りょうきん)に食事料金(しょくじりょうきん)は含(ふく)まれていますか。

tsu.a.a ryo.o.ki.n ni sho.ku.ji ryo.o.ki.n wa fu.ku.ma.re.te i.ma.su ka

旅費裡包括餐費嗎？

說明

「含(ふく)まれる」為「含(ふく)む」（包含）的被動形，前面的助詞「に」表示「含(ふく)まれる」這個動作和作用的主體或來源。在報名之前，一定要確認清楚是否包含各種費用，否則加總起來，很可能會超出預算喔。

把下面的單字套進去說說看

入場料(にゅうじょうりょう) nyu.u.jo.o.ryo.o 入場費	入浴料(にゅうよくりょう) nyu.u.yo.ku.ryo.o 溫泉或澡堂的入浴費	保険料(ほけんりょう) ho.ke.n.ryo.o 保險費
消費税(しょうひぜい) sho.o.hi.ze.e 消費稅	サービス料(りょう) sa.a.bi.su.ryo.o 服務費	施設使用料(しせつしようりょう) shi.se.tsu shi.yo.o.ryo.o 設施使用費

近(ちか)くにスーパーはありますか。

chi.ka.ku ni su.u.pa.a wa a.ri.ma.su ka

附近有超市嗎？

說明

「**近(ちか)く**」是由形容詞「**近(ちか)い**」（近的）去「**い**」＋「**く**」名詞化，表示「附近」，還可說成「**この辺(あた)り**」、「**この辺(へん)**」（這附近）。後面的助詞「**に**」表示「事物存在的場所」。若想直接詢問事物的所在，就可說成「**スーパーはどこにありますか**」（超市在哪裡呢）。

把下面的單字套進去說說看

コンビニ
ko.n.bi.ni
便利商店

公衆(こうしゅう)トイレ
ko.o.shu.u to.i.re
公共廁所

デパート
de.pa.a.to
百貨公司

すいぞくかん　しんごう　ちか
水族館は信号の近くにあります。

su.i.zo.ku.ka.n wa shi.n.go.o no chi.ka.ku ni a.ri.ma.su

水族館在紅綠燈的附近。

說明

本句為存在句的基本句型之一，「**あります**」表示「存在」，助詞「**に**」則表示「存在的地點」。問路時，對方大多會用這個方式告訴您正確的位置。怎麼問路呢？「**水族館**（すいぞくかん）**はどこにありますか**」或「**水族館**（すいぞくかん）**はどこですか**」（水族館在哪裡呢）皆可。

把下面的單字套進去說說看｜建築物、設施

おうだんほどう
横断歩道
o.o.da.n.ho.do.o
斑馬線

はし
橋
ha.shi
橋

こうさてん
交差点
ko.o.sa.te.n
十字路口

踏切（ふみきり）
fu.mi.ki.ri
平交道

ビル
bi.ru
大樓

ガソリンスタンド
ga.so.ri.n su.ta.n.do
加油站

銀行（ぎんこう）
gi.n.ko.o
銀行

郵便局（ゆうびんきょく）
yu.u.bi.n.kyo.ku
郵局

看板（かんばん）
ka.n.ba.n
招牌

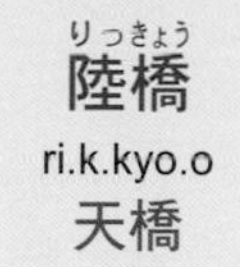

陸橋（りっきょう）
ri.k.kyo.o
天橋

街灯（がいとう）
ga.i.to.o
路燈

地下道（ちかどう）
chi.ka.do.o
地下道

把下面的單字套進去說說看｜方向、位置

隣り（となり）
to.na.ri
旁邊

向こう（むこう）
mu.ko.o
對面

裏（うら）
u.ra
後面

美術館（びじゅつかん）に行（い）きたいんですが、まっすぐ行（い）けばいいですか。

bi.ju.tsu.ka.n ni i.ki.ta.i n de.su ga ma.s.su.gu i.ke.ba i.i de.su ka

我想要去美術館，直走的話就可以了嗎？

說明

「動詞**ます**形＋**たい**」表示「第一人稱想做的事」。後面的動詞如「**行（い）く**」（去）、「**曲（ま）がる**」（轉彎）、「**渡（わた）る**」（穿越，過）、「**引（ひ）き返（かえ）す**」（往回走）、「**上（あ）がる**」（爬上）的假定形「**行（い）けば**」、「**曲（ま）がれば**」、「**渡（わた）れば**」、「**引（ひ）き返（かえ）せば**」、「**上（あ）がれば**」則表示「假定的條件」。

把下面的單字套進去說說看

右（みぎ）に曲（ま）がれば mi.gi ni ma.ga.re.ba 向右轉的話	左（ひだり）に曲（ま）がれば hi.da.ri ni ma.ga.re.ba 向左轉的話	2つ目（め）の角（かど）を曲（ま）がれば fu.ta.tsu me no ka.do o ma.ga.re.ba 在第2個轉角轉彎的話
道路（どうろ）を渡（わた）れば do.o.ro o wa.ta.re.ba 過馬路的話	引（ひ）き返（かえ）せば hi.ki.ka.e.se.ba 往回走的話	この坂（さか）を上（あ）がれば ko.no sa.ka o a.ga.re.ba 爬上這個坡的話

写真(しゃしん)を撮(と)ってもいいですか。

sha.shi.n o to.t.te mo i.i de.su ka

可以拍照嗎？

說明

這是請求對方許可的基本句型。當動詞為撥音便的第一類動詞和「－・ぎます」時，就要變成「～でもいいですか」，例如「**今薬(いまくすり)を飲(の)んでもいいですか**」（現在可以吃藥嗎）、「**ここで泳(およ)いでもいいですか**」（可以在這裡游泳嗎）。

把下面的單字套進去說說看

一緒(いっしょ)に写真(しゃしん)を撮(と)って i.s.sho ni sha.shi.n o to.t.te 一起拍照	フラッシュを使(つか)って fu.ra.s.shu o tsu.ka.t.te 使用閃光燈	トイレを借(か)りて to.i.re o ka.ri.te 借廁所
また入(はい)って ma.ta ha.i.t.te 再入場	三脚(さんきゃく)を使(つか)って sa.n.kya.ku o tsu.ka.t.te 使用腳架	たばこを吸(す)って ta.ba.ko o su.t.te 抽菸

MP3-068

タオルのレンタルはありますか。

ta.o.ru no re.n.ta.ru wa a.ri.ma.su ka

有租借毛巾嗎？

說明

日本的溫泉或大型澡堂幾乎都有毛巾、泳衣、館內輕便服裝的租借，價格也相當便宜，就算空手不帶任何東西，也能輕鬆泡個舒服的澡。另外，在遊樂設施、飯店、休閒度假勝地，運動、遊樂器材和代步工具的租借也相當周全，可多加利用。

把下面的單字套進去說說看

みずぎ 水着 mi.zu.gi 泳衣	かんないぎ 館内着 ka.n.na.i.gi 館內輕便的服裝	ゆかた 浴衣 yu.ka.ta 浴衣 （日式簡便和服）
じてんしゃ 自転車 ji.te.n.sha 腳踏車	ベビーカー be.bi.i.ka.a 嬰兒車	パラソル pa.ra.so.ru 遮陽傘

マッサージをお願い（ねが）したいんですが……。

ma.s.sa.a ji o ne.ga.i shi.ta.i n de.su ga

我想要按摩……。

說明

日本美容沙龍非常發達，若有機會體驗也是極致的享受。除了美容沙龍，休閒度假飯店或是大型澡堂、溫泉也都有提供類似的服務，不妨參考看看。另外，在決定各種保養的療程時，可以說「～にします」，例如「30分（さんじゅっぷん）コースにします」（我要30分鐘療程）即可。

把下面的單字套進去說說看

あかすり a.ka.su.ri 去角質	フェイシャルエステ fe.e.sha.ru e.su.te 做臉	ネイル ne.e.ru 做指甲
フットケア fu.t.to ke.a 腳部保養	ハンドケア ha.n.do ke.a 手部保養	毛穴（けあな）ケア ke.a.na ke.a 毛細孔保養

おすすめ
o.su.su.me
推薦

観光客：何かおすすめの観光スポットはありませんか。
ka.n.ko.o.kya.ku na.ni ka o.su.su.me no ka.n.ko.o su.po.t.to wa a.ri.ma.se.n ka
觀光客：有沒有什麼推薦的觀光景點嗎？

案内所のスタッフ：極楽の湯はいかがですか。この辺で一番大きい温泉ですよ。
a.n.na.i.jo no su.ta.f.fu go.ku.ra.ku no yu wa i.ka.ga de.su ka ko.no he.n de i.chi.ba.n o.o.ki.i o.n.se.n de.su yo
遊客中心的工作人員：極樂湯如何？是這附近最大的溫泉喔。

観光客：そこはタオルのレンタルがありますか。
ka.n.ko.o.kya.ku so.ko wa ta.o.ru no re.n.ta.ru ga a.ri.ma.su ka
觀光客：那裡有租借毛巾嗎？

案内所のスタッフ：タオルはもちろん、浴衣のレンタルもありますよ。
a.n.na.i.jo no su.ta.f.fu ta.o.ru wa mo.chi.ro.n yu.ka.ta no re.n.ta.ru mo a.ri.ma.su yo
遊客中心的工作人員：別說毛巾，也有浴衣的租借喔。

旅遊小補帖｜日本百貨公司地下食品賣場

被形容為美食寶庫的「**デパ地下**」（百貨公司地下食品賣場）販賣有豐富的甜點、熟食、便當、飲料等食品。這些百貨公司的地下食品賣場多為高級日本料理店和人氣商店設置的攤位，美味的水準自然不在話下。

壽司、蛋糕類等容易變質的食品都會提供「**保冷剤**」（保冷劑），可放心購買。另外，在結束營業的前1小時很多攤位都會開始降價拋售，買回去當宵夜剛剛好，非常划算。

道(みち)をたずねる
mi.chi o ta.zu.ne.ru
問路

観光客(かんこうきゃく)：新宿御苑(しんじゅくぎょえん)に行(い)きたいんですが、どう行(い)けばいいですか。
ka.n.ko.o.kya.ku shi.n.ju.ku.gyo.e.n ni i.ki.ta.i n de.su ga do.o i.ke.ba i.i de.su ka
觀光客：我想去新宿御苑，怎麼去才好呢？

通(とお)りすがりの人(ひと)：まっすぐ行(い)って信号(しんごう)を右(みぎ)に曲(ま)がればいいです。
to.o.ri.su.ga.ri no hi.to ma.s.su.gu i.t.te shi.n.go.o o mi.gi ni ma.ga.re.ba i.i de.su
剛好路過的人：直走在紅綠燈向右轉的話就可以了。

観光客(かんこうきゃく)：最初(さいしょ)の信号(しんごう)ですか。
ka.n.ko.o.kya.ku sa.i.sho no shi.n.go.o de.su ka
觀光客：第1個紅綠燈嗎？

通(とお)りすがりの人(ひと)：私(わたし)も同(おな)じ方向(ほうこう)なので、一緒(いっしょ)に行(い)きましょう。
to.o.ri.su.ga.ri no hi.to wa.ta.shi mo o.na.ji ho.o.ko.o.na no.de i.s.sho ni i.ki.ma.sho.o
剛好路過的人：因為我也是同一個方向，一起走吧。

旅遊小補帖｜參拜之前怎麼洗手？如何參拜？

在參拜日本的神社之前，必須先在「**手水舎(ちょうずや)**」（淨手台）洗手。正確的步驟是右手拿起杓子舀滿一瓢水，先洗左手再洗右手，然後再把水倒在左手心，嘴巴含點水後吐掉，切記不要直接用杓子喝水漱口，最後再洗一次左手，並使用剩餘的水洗淨杓柄。

至於參拜，「二拜二拍手一拜」是最普遍的方法。若有懸掛鈴鐺的粗繩，可先拉動繩子，讓鈴鐺發出響聲，再將香油錢投進油錢箱，行二鞠躬，兩手在胸前拍二次手，合掌祈禱，最後再行一鞠躬即可。

詢問有關旅行的對話

1. 中国語版（ちゅうごくごばん）のパンフレットはありますか。
chu.u.go.ku.go.ba.n no pa.n.fu.re.t.to wa a.ri.ma.su ka
有中文版的手冊嗎？

2. そのツアーはどこを回（まわ）りますか。
so.no tsu.a.a wa do.ko o ma.wa.ri.ma.su ka
那個行程繞哪些地方呢？

3. このツアーの所要時間（しょようじかん）はどのくらいですか。
ko.no tsu.a.a no sho.yo.o ji.ka.n wa do.no ku.ra.i de.su ka
這個行程需要多少時間呢？

4. 出発（しゅっぱつ）はいつですか。
shu.p.pa.tsu wa i.tsu de.su ka
什麼時候出發呢？

5. 現地解散（げんちかいさん）できますか。
ge.n.chi ka.i.sa.n de.ki.ma.su ka
可以當地解散嗎？

6. 食事（しょくじ）はついていますか。
sho.ku.ji wa tsu.i.te i.ma.su ka
有附餐嗎？

7. 添乗員（てんじょういん）は同行（どうこう）ですか。
te.n.jo.o.i.n wa do.o.ko.o de.su ka
有導遊同行嗎？

8. このツアーに参加（さんか）します。
ko.no tsu.a.a ni sa.n.ka.shi.ma.su
我要參加這個行程。

問路時的對話

MP3-073

1

この地図だと今はどの辺にいますか。

ko.no chi.zu da to i.ma wa do.no he.n ni i.ma.su ka

就這個地圖來說，現在是在哪裡呢？

2

ここに書いていただけませんか。

ko.ko ni ka.i.te i.ta.da.ke.ma.se.n ka

能不能請您幫我寫在這裡呢？

3

スカイツリーに行きたいんですが、ここから遠いですか。

su.ka.i.tsu.ri.i ni i.ki.ta.i n de.su ga ko.ko ka.ra to.o.i de.su ka

我想去晴空塔，離這裡遠嗎？

私もよくわからないんですが……。

wa.ta.shi mo yo.ku wa.ka.ra.na.i n de.su ga

我也不是很清楚……。

歩いて行けますよ。

a.ru.i.te i.ke.ma.su yo

可以用走的去喔。

電車で行ったほうがいいですよ。

de.n.sha de i.t.ta ho.o ga i.i de.su yo

最好搭電車喔。

在遊樂設施的對話

1

パレードは何時からですか。

pa.re.e.do wa na.n.ji ka.ra de.su ka

遊行是從幾點開始呢？

2

このアトラクションは身長の制限がありますか。

ko.no a.to.ra.ku.sho.n wa shi.n.cho.o no se.e.ge.n ga a.ri.ma.su ka

這個遊樂設施有身高的限制嗎？

MP3-074

單字補給站

まいご
迷子センター
ma.i.go se.n.ta.a
走失兒童服務中心

いりぐち
入口
i.ri.gu.chi
入口

でぐち
出口
de.gu.chi
出口

サービスカウンター
sa.a.bi.su ka.u.n.ta.a
服務櫃檯

てにもつあず　じょ
手荷物預かり所
te.ni.mo.tsu a.zu.ka.ri.jo
隨身手提行李寄物處

ゆうたいけん
優待券
yu.u.ta.i.ke.n
優待券

にゅうえんけん
入園券
nyu.u.e.n.ke.n
門票

パスポート
pa.su.po.o.to
通票

やかん
夜間チケット
ya.ka.n chi.ke.t.to
星光票

けんばいき
券売機
ke.n.ba.i.ki
售票機

とうじつけん
当日券
to.o.ji.tsu.ke.n
當日券

の　ものけん
乗り物券
no.ri.mo.no.ke.n
遊樂券（遊樂設施的使用券）

まえう　けん
前売り券
ma.e.u.ri.ke.n
預售票

フラッシュ
きんし
禁止
fu.ra.s.shu ki.n.shi
禁止使用閃光燈

あしもとちゅうい
足元注意
a.shi.mo.to chu.u.i
注意腳下

ずじょうちゅうい
頭上注意
zu.jo.o chu.u.i
注意頭上

かきげんきん
火気厳禁
ka.ki ge.n.ki.n
嚴禁菸火

たちいりきんし
立入禁止
ta.chi.i.ri ki.n.shi
禁止進入

す　きんし
ポイ捨て禁止
po.i.su.te ki.n.shi
禁止亂丟垃圾

りょう
キャンセル料
kya.n.se.ru.ryo.o
取消的手續費

にゅうえん 入園 nyu.u.e.n 入園	かいえん 開演 ka.i.e.n 開演	にゅうじょう 入場 nyu.u.jo.o 入場	りょうがえき 両替機 ryo.o.ga.e.ki 換幣機
プリクラ pu.ri.ku.ra 大頭貼	かんらんしゃ 観覧車 ka.n.ra.n.sha 摩天輪	ば　やしき お化け屋敷 o ba.ke.ya.shi.ki 鬼屋	コーヒーカップ ko.o.hi.i ka.p.pu 旋轉咖啡杯
ジェット コ スタ je.t.to ko.o.su.ta.a 雲霄飛車	ぜっきょう 絶叫マシン ze.k.kyo.o ma.shi.n 自由落體	ゴーカート go.o.ka.a.to 賽車	メリー ゴーラウンド me.ri.i go.o.ra.u.n.do 旋轉木馬
ユーフォー UFOキャッチャー yu.u.fo.o kya.c.cha.a 抓娃娃機	せんとう 銭湯 se.n.to.o 澡堂	はだか 裸ゾーン ha.da.ka zo.o.n 裸身區	みずぎ 水着ゾーン mi.zu.gi zo.o.n 泳衣區
だついじょ 脱衣所 da.tsu.i.jo 脫衣處	げたばこ 下駄箱 ge.ta.ba.ko 置鞋櫃	きゅうけいしつ 休憩室 kyu.u.ke.e.shi.tsu 休息室	クイックコース ku.i.k.ku ko.o.su 快速療程

かなざわ
金沢
ka.na.za.wa

金澤

自16世紀末期武將前田利家在金澤築城以來，金澤便以城下町，持續了將近400年的繁榮。目前不僅是北陸地區的經濟、商業、文化中心，也是一座集結觀光名勝、傳統工藝、鄉土料理、現代美食與和菓子的城市，一直以來都深受海內外旅客愛戴。若搭乘北陸新幹線，從東京僅需2小時半便能抵達，非常方便。

以城下町而繁榮的金澤至今仍存留有不少昔日優雅的街區與瀟灑的武家文化。像是日本三大名園之一的「兼六園」，漫步其中可充分品味諸侯庭園的典雅造景之美。緊鄰兼六園的金澤城公園，除了江戶時代遺留下來的石川門、三十間長屋等建築物，再加上日後根據古書古畫陸續復原的菱櫓、五十間長屋、橋爪門續櫓與河北門，是感受加賀百萬石歷史的最佳去處。

若想要一睹藩政時代的風貌，那就是長町武家宅邸遺跡。置身石板路、土塀綿延不絕的巷弄街衢之中，會讓人有時光倒流的錯覺。而有小京都之稱的主計町、東茶屋街、西茶屋街三大茶屋街，特別是保存最完整、規模最大的東茶屋街，也是金澤絕對不能錯過的景點，古意盎然的商家櫛比鱗次不說，漫步於淺野川河畔小徑，風情亦佳。相信不論是購買和風小物、品嚐和菓子、尋幽訪勝、欣賞茶屋建築之美都能盡興。此外，前往被稱為金澤市民廚房的近江町市場大啖新鮮又豪邁的海鮮蓋飯，或是在金澤最熱鬧的繁華街香林坊、片町感受現代都市的繁華，都是金澤不能錯過的行程。

06 購物篇

いらっしゃいませ。どうぞご覧（らん）ください。

歡迎光臨。請慢慢看。

レギンスを探（さが）していますが、どこに置（お）いてありますか。

我在找內搭褲，請問放在哪裡呢？

コートを探（さが）していますが……。

ko.o.to o sa.ga.shi.te i.ma.su ga

我在找大衣……。

說明

一進服飾店，店員通常會問客人「何（なに）かお探（さが）しですか」（需要找些什麼嗎），若有需要的東西，就可以用本句型來回答。若只是想隨便看看，沒特別想要的東西，回答「見（み）ているだけです」（只是看看）即可。

把下面的單字套進去說說看

ジャケット ja.ke.t.to 夾克	カーディガン ka.a.di.ga.n 針織外套	T（ティー）シャツ ti.i sha.tsu T恤
ブラジャー bu.ra.ja.a 胸罩	パンツ pa.n.tsu 內褲	下着（したぎ） shi.ta.gi 內衣

スカート
su.ka.a.to
裙子

セーター
se.e.ta.a
毛衣

ズボン
zu.bo.n
褲子

ブラウス
bu.ra.u.su
女用襯衫

ワンピース
wa.n.pi.i.su
連身洋裝

ジーンズ
ji.i.n.zu
牛仔褲

スーツ
su.u.tsu
套裝

ポロシャツ
po.ro.sha.tsu
Polo衫

シャツ
sha.tsu
襯衫

レギンス
re.gi.n.su
內搭褲

靴下（くつした）
ku.tsu.shi.ta
襪子

ストッキング
su.to.k.ki.n.gu
絲襪

すみません、ショーウインドーに飾(かざ)ってあるベルトを見(み)せてください。

su.mi.ma.se.n sho.o.u.i.n.do.o ni ka.za.t.te a.ru be.ru.to o mi.se.te ku.da.sa.i

麻煩你，請讓我看看陳列在展示窗的皮帶。

說明

「**すみません**」除了「對不起」之外，還有「不好意思，麻煩你」的意思，語感接近英文的「excuse me」。「**〜てある**」前接「**飾(かざ)る**」等他動詞，表示「動作後存在的結果」，前面的助詞「**に**」則表示「存在的地點」。「**見(み)せる**」為使役動詞，為「讓我看」的意思。

把下面的單字套進去說說看

ストール su.to.o.ru 披肩	マフラー ma.fu.ra.a 圍巾	スカーフ su.ka.a.fu 絲巾
バッグ ba.g.gu 皮包	手袋(てぶくろ) te.bu.ku.ro 手套	水着(みずぎ) mi.zu.gi 泳衣

うで ど けい
腕時計
u.de.do.ke.e
手錶

ネクタイ
ne.ku.ta.i
領帶

ゆび わ
指輪
yu.bi.wa
戒指

イヤリング
i.ya.ri.n.gu
夾式耳環

ピアス
pi.a.su
針式耳環

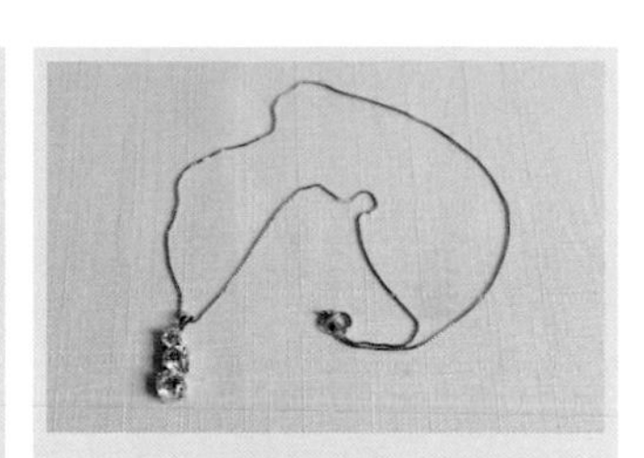

ネックレス
ne.k.ku.re.su
項鍊

ブローチ
bu.ro.o.chi
胸針

ネクタイピン
ne.ku.ta.i pi.n
領帶夾

ブレスレット
bu.re.su.re.t.to
手鐲

ブーツ
bu.u.tsu
靴子

スニーカー
su.ni.i.ka.a
運動休閒鞋

ぼう し
帽子
bo.o.shi
帽子

風邪薬（かぜぐすり）はどこに置（お）いてありますか。

ka.ze.gu.su.ri wa do.ko ni o.i.te a.ri.ma.su ka

感冒藥放在哪裡呢？

說明

和上個句型一樣，他動詞「**置（お）く**」（放置）的**て**形＋「**てあります**」表示「東西被放置的狀態」。日本的藥妝店商品琳瑯滿目，要找東西還真是不容易，特別是單價較高的商品都會放在櫃檯後面無法自行取得的架櫃，所以這句話一定要學起來。

把下面的單字套進去說說看

胃腸薬（いちょうやく） i.cho.o.ya.ku 腸胃藥	正露丸（せいろがん） se.e.ro.ga.n 正露丸	頭痛薬（ずつうやく） zu.tsu.u.ya.ku 頭痛藥
下痢止（げりど）め ge.ri.do.me 止瀉藥	便秘薬（べんぴやく） be.n.pi.ya.ku 便祕藥	鎮痛薬（ちんつうやく） chi.n.tsu.u.ya.ku 止痛藥

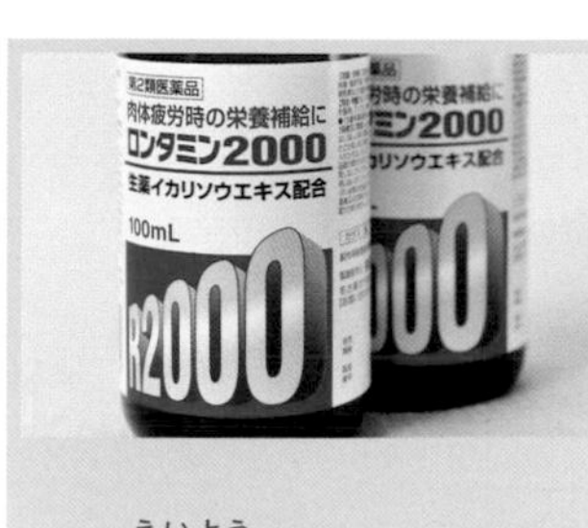

栄養（えいよう）ドリンク
e.e.yo.o do.ri.n.ku
營養口服液

湿布（しっぷ）
shi.p.pu
藥布

蒸気（じょうき）アイマスク
jo.o.ki a.i.ma.su.ku
蒸氣眼罩

熱（ねつ）さまシート
ne.tsu.sa.ma.shi.i.to
退熱貼布

うがい薬（くすり）
u.ga.i.gu.su.ri
漱口藥水

虫（むし）よけスプレー
mu.shi.yo.ke su.pu.re.e
防蟲噴劑

のど飴（あめ）
no.do a.me
喉糖

ビタミン剤（ざい）
bi.ta.mi.n.za.i
維他命劑

絆創膏（ばんそうこう）
ba.n.so.o.ko.o
OK繃

かゆみ止（ど）め
ka.yu.mi.do.me
止癢藥

咳止（せきど）め
se.ki.do.me
止咳藥

目薬（めぐすり）
me.gu.su.ri
眼藥水

カメラ売り場はどこですか。

ka.me.ra u.ri.ba wa do.ko de.su ka

請問相機賣場在哪裡呢？

說明

電器用品是國人旅日最喜歡購買的商品之一，相信大家對「**ヨドバシカメラ**」（友都八喜）、「**ビックカメラ**」（Bic Camera）這些日本著名的大型家電量販店也非常熟悉。因為店鋪很大，進店後一定要先研究一下樓層介紹，搞清楚各賣場所在，否則逛起來可是會讓人暈頭轉向喔。

把下面的單字套進去說說看

パソコン pa.so.ko.n 個人電腦	オーディオ o.o.di.o 音響	ビデオカメラ bi.de.o ka.me.ra 攝影機
コーヒーメーカー ko.o.hi.i me.e.ka.a 咖啡機	すいはんき 炊飯器 su.i.ha.n.ki 電鍋	りょこうようひん 旅行用品 ryo.ko.o yo.o.hi.n 旅行用品

いちがん
一眼レフ
i.chi.ga.n.re.fu
單眼相機

デジカメ
de.ji.ka.me
數位相機

じゅうでん き
充電器
ju.u.de.n.ki
充電器

ドライヤー
do.ra.i.ya.a
吹風機

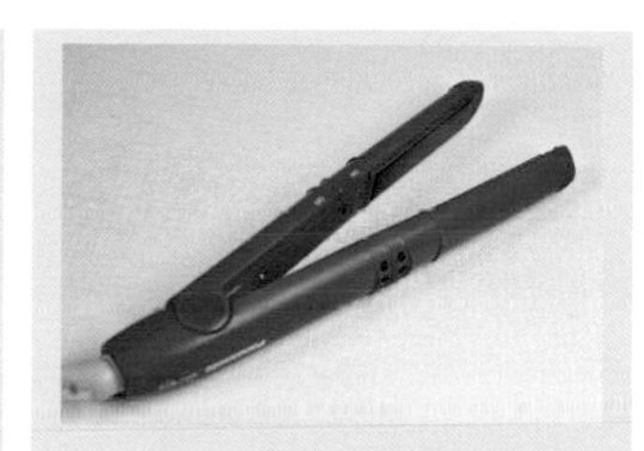

ヘアアイロン
he.a a.i.ro.n
直髮夾

でん き ひげ そ
電気髭剃り
de.n.ki hi.ge.so.ri
電動刮鬍刀

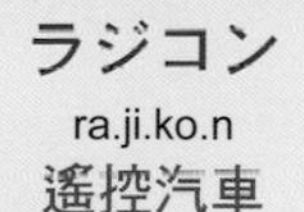

ラジコン
ra.ji.ko.n
遙控汽車

かんでん ち
乾電池
ka.n.de.n.chi
乾電池

さんきゃく
三脚
sa.n.kya.ku
腳架

メモリーカード
me.mo.ri.i ka.a.do
記憶卡

バッテリー
ba.t.te.ri.i
蓄電池

き
ゲーム機
ge.e.mu ki
遊樂器

これの白（しろ）はありますか。

ko.re no shi.ro wa a.ri.ma.su ka

這個有白色的嗎？

說明

顏色、花色在購物時使用的頻率很高。要注意的是顏色的說法，除了外來語，還有單純的「黒（くろ）」（黑色）、「青（あお）」（藍色）和加上「色（いろ）」如「水色（みずいろ）」（水藍色）、「茶色（ちゃいろ）」（茶色）這兩種說法，區別在前者是很早以前就存在的固有說法，後者是借用他物名稱的說法，所以加上「色（いろ）」。

把下面的單字套進去說說看

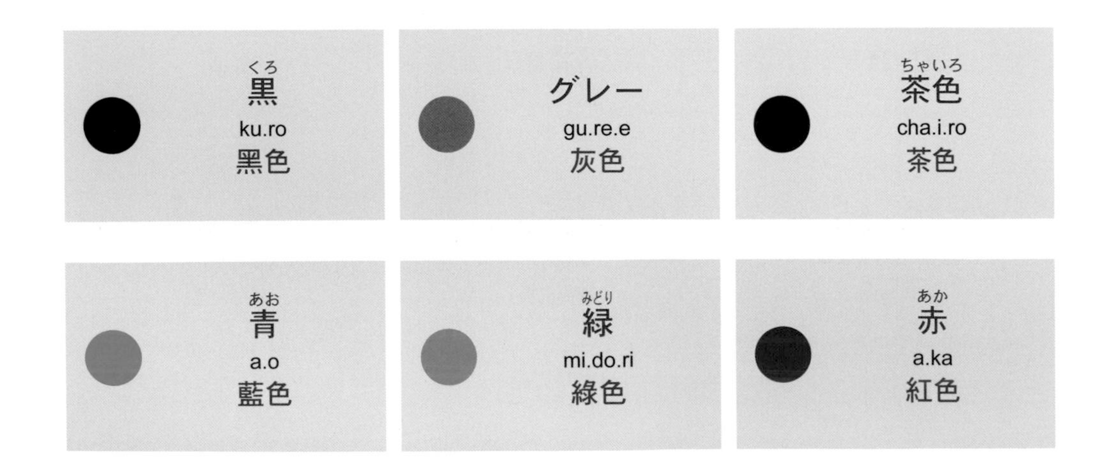

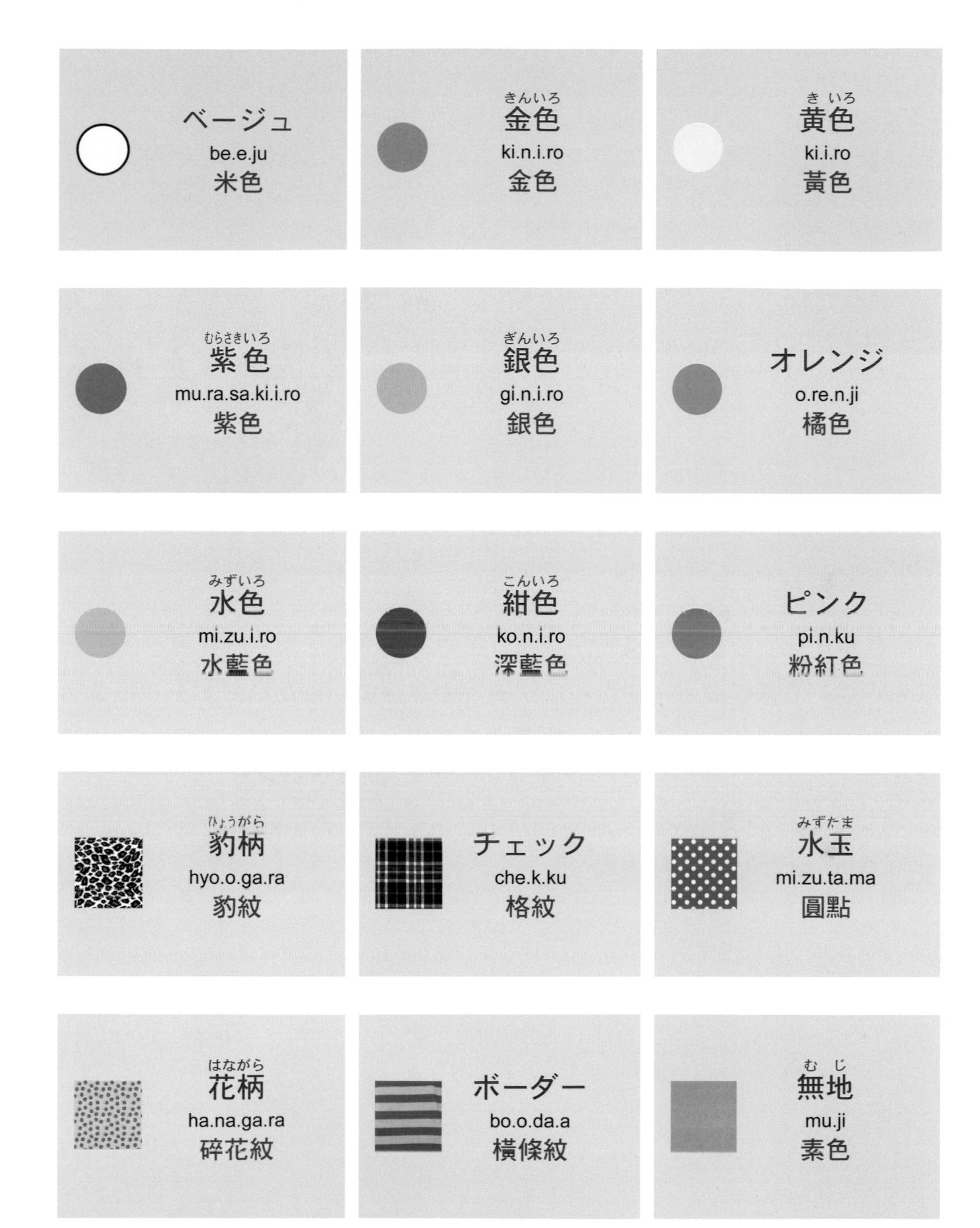
ベージュ
be.e.ju
米色
きんいろ
金色
ki.n.i.ro
金色
き いろ
黄色
ki.i.ro
黃色
むらさきいろ
紫色
mu.ra.sa.ki.i.ro
紫色
ぎんいろ
銀色
gi.n.i.ro
銀色
オレンジ
o.re.n.ji
橘色
みずいろ
水色
mi.zu.i.ro
水藍色
こんいろ
紺色
ko.n.i.ro
深藍色
ピンク
pi.n.ku
粉紅色
ひょうがら
豹柄
hyo.o.ga.ra
豹紋
チェック
che.k.ku
格紋
みずたま
水玉
mi.zu.ta.ma
圓點
はながら
花柄
ha.na.ga.ra
碎花紋
ボーダー
bo.o.da.a
橫條紋
むじ
無地
mu.ji
素色

MP3-081

すこ
少しきついんですが……。

su.ko.shi ki.tsu.i n de.su ga

我覺得有點緊……。

說明

「**が……**」表示「話雖然沒說完，但對方應該會了解如何處置」，例如拿大一號的衣服等等。本句也可以說成「**少(すこ)しきついみたいです**」（好像有點緊），但助動詞「**みたいだ**」前面的形容詞必須是辭書形，形容動詞則接語幹。

把下面的單字套進去說說看

ゆるい yu.ru.i 鬆	みじか 短い mi.ji.ka.i 短	なが 長い na.ga.i 長
はで 派手な ha.de.na 花俏	ちい 小さい chi.i.sa.i 小	おお 大きい o.o.ki.i 大

もう少(すこ)し大(おお)きいのはありますか。

mo.o su.ko.shi o.o.ki.i no wa a.ri.ma.su ka

有再大一點的嗎？

說明

若覺得衣服、鞋子大一號或小一號，也可以將「**もう少(すこ)し**」（再～一點）說成「**ワンサイズ小(ちい)さい**」（小一號）、「**ワンサイズ大(おお)きい**」（大一號）。在日本有很多服飾只有一種「F(フリー)」尺寸，大小接近一般的「M(エム)」，建議試穿為佳。

把下面的單字套進去說說看

地味(じみ)な ji.mi.na 樸素	控(ひか)えめな hi.ka.e.me.na 保守	シンプルな shi.n.pu.ru.na 簡單
明(あか)るい a.ka.ru.i 亮	暗(くら)い ku.ra.i 暗	安(やす)い ya.su.i 便宜

ラッピングしてもらえますか。

ra.p.pi.n.gu.shi.te mo.ra.e.ma.su ka

可以幫我包裝嗎？

說明

在日本購物若是「**簡易包装**（かんいほうそう）」（簡易包裝）通常都是免費，若要講究一點也可以選擇「**有料包装**（ゆうりょうほうそう）」（收費包裝）。另外，購買服飾若需要修改，有的也需要付費。需要付費的話，店家都會標示「**お直し代は別途です**（なお だい べっと）」（修改費要另付）。

把下面的單字套進去說說看

別々に包んで（べつべつ つつ） be.tsu.be.tsu ni tsu.tsu.n.de 分開包裝	小分け用の袋を（こわ よう ふくろ） ko.wa.ke yo.o no fu.ku.ro o 分裝用的小袋子	プレゼント用に包んで（よう つつ） pu.re.ze.n.to yo.o ni tsu.tsu.n.de 包裝成禮品
まとめて入れて（い） ma.to.me.te i.re.te 放在一起	裾上げして（すそあ） su.so.a.ge.shi.te 下襬提高	丈を直して（たけ なお） ta.ke o na.o.shi.te 修改長度

昨日(きのう)ここで買(か)ったんですが、サイズが合(あ)わないんです。

ki.no.o ko.ko de ka.t.ta n de.su ga sa.i.zu ga a.wa.na.i n de.su

昨天在這裡買的，尺寸不合。

說明

本句前後「ん」為「の」的口語說法，表示「說明」。一般來說在一定期間，攜帶「**レシート**」（收據），就可以更換壞掉或不合適的商品，不過也有很多店家在拍賣期間會標示「**返品(へんぴん)、交換(こうかん)は承(うけたまわ)っておりません**」（不接受退貨和換貨），購買時要特別注意。

把下面的單字套進去說說看

動(うご)かない u.go.ka.na.i 不能動	壊(こわ)れていた ko.wa.re.te i.ta 是壞的	すぐ壊(こわ)れてしまった su.gu ko.wa.re.te shi.ma.t.ta 馬上就壞了
汚(よご)れが付(つ)いている yo.go.re ga tsu.i.te i.ru 有污漬	部品(ぶひん)が足(た)りない bu.hi.n ga ta.ri.na.i 零件不足	色(いろ)が違(ちが)う i.ro ga chi.ga.u 顏色不對

買い物（かいもの）
ka.i.mo.no
購物

店員（てんいん）：いらっしゃいませ。どうぞご覧（らん）ください。
te.n.i.n i.ra.s.sha.i.ma.se do.o.zo go.ra.n ku.da.sa.i
店員：歡迎光臨。請慢慢看。

客（きゃく）：レギンスを探（さが）していますが、どこに置（お）いてありますか。
kya.ku re.gi.n.su o sa.ga.shi.te i.ma.su ga do.ko ni o.i.te a.ri.ma.su ka
客人：我在找內搭褲，請問放在哪裡呢？

店員（てんいん）：レギンスですか。こちらへどうぞ。
te.n.i.n re.gi.n.su de.su ka ko.chi.ra e do.o.zo
店員：內搭褲嗎？請往這邊走。

客（きゃく）：これを試着（しちゃく）してもいいですか。
kya.ku ko.re o shi.cha.ku.shi.te mo i.i de.su ka
客人：這件可以試穿嗎？

旅遊小補帖｜講價與退稅

一般來說日本能殺價的地方不多，不過在一般傳統市場、家電量販店或觀光客聚集的賣場還是有殺價的餘地。至於退稅，在標示有「Tax Refund」或「Tax Free」的商店購買5,000日圓以上的商品，就可以辦理退稅。要注意的是購買日用品、藥品、食品這些免稅商品，店家會幫忙包好，待回國之後才能拆開使用。還有，日本機場沒有退稅櫃檯，必須在購買的商店拿著收據和護照前往指定的櫃檯辦理退稅手續，才能領回8%的消費稅。

こうかん
交換
ko.o.ka.n
換貨

客：昨日ここで買ったんですが、サイズが合わないんです。交換できますか。
kya.ku ki.no.o ko.ko de ka.t.ta n de.su ga sa.i.zu ga a.wa.na.i n de.su ko.o.ka.n de.ki.ma.su ka
客人：昨天在這裡買的，尺寸不合。可以換貨嗎？

店員：どのサイズがよろしいですか。
te.n.i.n do.no sa.i.zu ga yo.ro.shi.i de.su ka
店員：哪個尺寸好呢？

客：ワンサイズ大きいのはありますか。
kya.ku wa.n.sa.i.zu o.o.ki.i no wa a.ri.ma.su ka
客人：有大一號的嗎？

店員：Lサイズですね。すみませんが、レシートをお持ちですか。
te.n.i.n e.ru sa.i.zu de.su ne su.mi.ma.se.n ga re.shi.i.to o o mo.chi de.su ka
店員：是L號囉。不好意思，請問有帶收據嗎？

旅遊小補帖｜掌握日本拍賣的時機

有計畫前往日本大肆添購服飾的朋友，千萬不能錯過冬夏兩季折扣最多的「**クリアランスセール**」（換季大拍賣）。一般來説，這兩季的拍賣是從12月底和7月初開始，1月和8月底結束。但近年來很多地方有提早1～2星期的趨勢。除了換季拍賣，最近也有不少服飾店會在平時推出購買2件以上，就打8～9折的服務。此外，「UNIQLO」等快時尚的大型連鎖店，每逢假日也都會提供特價商品。對血拚有興趣的朋友，一定要把握良機。

問價・付錢・議價時的對話

1

これはいくらですか。

ko.re wa i.ku.ra de.su ka

這個多少錢呢？

2

お支払(しはら)いはどうなさいますか。

o shi.ha.ra.i wa do.o na.sa.i.ma.su ka

您要怎麼付款呢？

カードでお願(ねが)いします。

ka.a.do de o ne.ga.i shi.ma.su

我要刷卡。

分割払(ぶんかつばら)いでお願(ねが)いします。

bu.n.ka.tsu ba.ra.i de o ne.ga.i shi.ma.su

我要分期付款。

お支払(しはら)いはご一括(いっかつ)のみとさせていただきます。

o shi.ha.ra.i wa go i.k.ka.tsu no.mi to sa.se.te i.ta.da.ki.ma.su

我們僅提供一次性付款服務。

※有很多信用卡在國外消費只能一次付清，詳細請洽詢使用的信用卡公司。

3

割引(わりびき)はありますか。

wa.ri.bi.ki wa a.ri.ma.su ka

有折扣嗎？

4

もう少(すこ)し安(やす)くできますか。

mo.o su.ko.shi ya.su.ku de.ki.ma.su ka

能再便宜點嗎？

5

消費税(しょうひぜい)の払(はら)い戻(もど)しはできますか。

sho.o.hi.ze.e no ha.ra.i.mo.do.shi wa de.ki.ma.su ka

可以退消費稅嗎？

買衣服時常用的對話

MP3-088

1

これの新品（しんぴん）はありますか。

ko.re no shi.n.pi.n wa a.ri.ma.su ka

這個有新的嗎？

※不想要展示品時。

今（いま）、在庫（ざいこ）をお調（しら）べしてまいりますので、少々（しょうしょう）お待（ま）ちください。

i.ma za.i.ko o o shi.ra.be shi.te ma.i.ri.ma.su no.de sho.o.sho.o o ma.chi ku.da.sa.i

我現在就去查庫存，請您稍等一下。

恐（おそ）れ入（い）りますが、現品（げんぴん）のみになります。

o.so.re.i.ri.ma.su ga ge.n.pi.n no.mi ni na.ri.ma.su

很抱歉，只有現貨。

2

ほかの色（いろ）はありますか。

ho.ka no i.ro wa a.ri.ma.su ka

有其他顏色嗎？

3

これは水洗（みずあら）いできますか。

ko.re wa mi.zu.a.ra.i de.ki.ma.su ka

這個可以用水洗嗎？

4

この素材（そざい）は何（なん）ですか。

ko no so.za.i wa na.n de.su ka

這是什麼質料呢？

5

これは何号（なんごう）ですか。

ko.re wa na.n.go.o de.su ka

這是幾號呢？

6

お直（なお）しの時間（じかん）はどのくらいかかりますか。

o na.o.shi no ji.ka.n wa do.no ku.ra.i ka.ka.ri.ma.su ka

修改大概需要多少時間呢？

買鞋子時常用的對話

MP3-089

1

この靴(くつ)を履(は)いてみてもいいですか。

ko.no ku.tsu o ha.i.te mi.te mo i.i de.su ka

可以試穿看看這雙鞋子嗎？

どのサイズをお召(め)しですか。

do.no sa.i.zu o o me.shi de.su ka

請問您穿幾號呢？

～号(ごう)です。

～go.o de.su

～號。

2

足(あし)のサイズを測(はか)ってもらえますか。

a.shi no sa.i.zu o ha.ka.t.te mo.ra.e.ma.su ka

可以幫我量一下腳的尺寸嗎？

3

つま先(さき)がきついです。

tsu.ma.sa.ki ga ki.tsu.i de.su

腳尖很緊。

購買首飾時常用的對話

1

このピアスは何(なに)でできていますか。

ko.no pi.a.su wa na.ni de de.ki.te i.ma.su ka

這耳環是用什麼做的呢？

2

指(ゆび)のサイズを測(はか)ってもらえますか。

yu.bi no sa.i.zu o ha.ka.t.te mo.ra.e.ma.su ka

能幫我量手指的尺寸嗎？

購買化妝品時常用的對話

MP3-090

1

これはどうやって使（つか）いますか。

ko.re wa do.o ya.t.te tsu.ka.i.ma.su ka

這個怎麼用呢？

2

試（ため）し塗（ぬ）りはできますか。

ta.me.shi.nu.ri wa de.ki.ma.su ka

可以試擦嗎？

3

これの詰（つ）め替（か）え用（よう）はありますか。

ko.re no tsu.me.ka.e.yo.o wa a.ri.ma.su ka

這個有補充包嗎？

4

このポスターの口紅（くちべに）はどの色（いろ）ですか。

ko.no po.su.ta.a no ku.chi.be.ni wa do.no i.ro de.su ka

這張海報的口紅是哪個顏色呢？

購買食品時常用的對話

1

消費期限（しょうひきげん）はいつまでですか。

sho.o.hi.ki.ge.n wa i.tsu ma.de de.su ka

消費期限是到什麼時候呢？

2

保冷剤（ほれいざい）をお願（ねが）いできますか。

ho.re.e.za.i o o ne.ga.i de.ki.ma.su ka

可以給我保冷劑嗎？

3

レジ袋（ぶくろ）はご利用（りよう）ですか。

re.ji bu.ku.ro wa go ri.yo.o de.su ka

您要袋子嗎？

要（い）りません。

i.ri.ma.se.n

不用了。

MP3-091

單字補給站

バーゲンセール
ba.a.ge.n se.e.ru
大拍賣

誕生祭（たんじょうさい）
ta.n.jo.o.sa.i
週年慶

感謝祭（かんしゃさい）
ka.n.sha.sa.i
酬賓大拍賣

ポイントカード
po.i.n.to ka.a.do
集點卡

売り切れ（う　き）
u.ri.ki.re
售罄

取り寄せ（と　よ）
to.ri.yo.se
調貨

試着室（しちゃくしつ）
shi.cha.ku.shi.tsu
試衣間

鏡（かがみ）
ka.ga.mi
鏡子

不良品（ふりょうひん）
fu.ryo.o.hi.n
不良品

最新モデル（さいしん）
sa.i.shi.n mo.de.ru
最新機種

コットン（綿）（めん）
ko.t.to.n me.n
棉

本革（ほんがわ）
ho.n.ga.wa
真皮

合皮（ごうひ）
go.o.hi
合成皮革

シルク
shi.ru.ku
絲

カシミヤ
ka.shi.mi.ya
羊絨

ウール
u.u.ru
羊毛

ポリエステル
po.ri.e.su.te.ru
聚酯纖維

麻（あさ）
a.sa
麻

迷彩（めいさい）
me.e.sa.i
迷彩紋

ハイヒール
ha.i.hi.i.ru
高跟鞋

サンダル sa.n.da.ru 涼鞋	ビーチサンダル bi.i.chi sa.n.da.ru 海灘鞋	ミュール myu.u.ru 高跟涼鞋	パンプス pa.n.pu.su 包鞋
レインブーツ re.e.n bu.u.tsu 雨靴	運動靴（うんどうぐつ） u.n.do.o.gu.tsu 運動鞋	靴（くつ）ひも ku.tsu.hi.mo 鞋帶	中敷（なかじ）き na.ka.ji.ki 鞋墊
靴（くつ）クリーナー ku.tsu ku.ri.i.na.a 鞋類清潔劑	防水（ぼうすい）スプレー bo.o.su.i su.pu.re.e 防水噴劑	純金（じゅんきん） ju.n.ki.n 純金	プラチナ pu.ra.chi.na 白金
鍍金（めっき） me.k.ki 鍍金	１８金（じゅうはちきん） ju.u.ha.chi.ki.n 18K金	シルバー shi.ru.ba.a 銀	ファンデーション fa.n.de.e.sho.n 粉底
マニキュア ma.ni.kyu.a 指甲油	チーク chi.i.ku 腮紅	アイライナー a.i.ra.i.na.a 眼線筆	アイシャドー a.i.sha.do.o 眼影

マスカラ ma.su.ka.ra 睫毛膏	グロス gu.ro.su 唇蜜	したじ 下地 shi.ta.ji 隔離霜	けしょうすい 化粧水 ke.sho.o.su.i 化妝水
びようえき 美容液 bi.yo.o.e.ki 精華液	にゅうえき 乳液 nyu.u.e.ki 乳液	ひやど 日焼け止め hi.ya.ke.do.me 防曬乳	ほしつ 保湿クリーム ho.shi.tsu ku.ri.i.mu 保濕霜
かんそうはだ 乾燥肌 ka.n.so.o ha.da 乾燥膚質	びんかんはだ 敏感肌 bi.n.ka.n ha.da 敏感膚質	しせいはだ 脂性肌 shi.se.e ha.da 油性膚質	こんごうはだ 混合肌 ko.n.go.o ha.da 混合膚質
お メイク落とし コットン me.e.ku.o.to.shi ko.t.to.n 卸妝棉	シートマスク shi.i.to ma.su.ku 面膜	せんがん 洗顔フォーム se.n.ga.n fo.o.mu 洗面乳	ボディソープ bo.di.so.o.pu 沐浴乳
おんせんもと 温泉の素 o.n.se.n no mo.to 溫泉精	せいはつりょう 整髪料 se.e.ha.tsu.ryo.o 整髮劑	コンディショナー ko.n.di.sho.na.a 護髮乳	いくもうざい 育毛剤 i.ku.mo.o.za.i 生髮水

ヘアカラー he.a.ka.ra.a 染髮劑	カミソリ ka.mi.so.ri 刮鬍刀	めんぼう 綿棒 me.n.bo.o 棉花棒	ハンドクリーム ha.n.do ku.ri.i.mu 護手霜
リップクリーム ri.p.pu ku.ri.i.mu 護唇膏	は 歯ブラシ ha.bu.ra.shi 牙刷	は みが こ 歯磨き粉 ha.mi.ga.ki.ko 牙膏	せいり ようひん 生理用品 se.e.ri.yo.o.hi.n 生理用品
マスク ma.su.ku 口罩	たいおんけい 体温計 ta.i.o.n.ke.e 體溫計	いと 糸ようじ i.to yo.o.ji 牙線	じょこうえき 除光液 jo.ko.o.e.ki 去光水
ドライアイス do.ra.i.a.i.su 乾冰	わ 割りばし wa.ri.ba.shi 免洗筷	そうざい お惣菜 o so.o.za.i 熟食等家常菜	かし お菓子 o ka.shi 零食
インスタント ラーメン i.n.su.ta.n.to ra.a.me.n 泡麵	ちょう み りょう 調味料 cho.o.mi.ryo.o 調味料	ぶんぼう ぐ 文房具 bu.n.bo.o.gu 文具	ベビーフード be.bi.i fu.u.do 嬰兒食品

かるいざわ
軽井沢
ka.ru.i.za.wa
輕井澤

坐擁優渥的自然環境和涼爽氣候的輕井澤，是早期西方人度假避暑的勝地，同時也是文人雅士、有產階級在此購置別墅的人氣地區。從東京搭乘長野新幹線只需1小時，很適合國人延伸腳步來此一遊。

輕井澤可逛可晃可看的地方很多，像是最熱鬧的商店街舊輕井澤銀座，是旅客必訪之地。早期西方人來此避暑度假時，位於東京、橫濱和西方人有接觸的商家會利用這個時機來這裡開設夏季短期店舖，因此逐漸演變成輕井澤最熱鬧的觀光商店街。同時因西方人帶進了西方飲食文化，所以這條商店街處處可見銷售果醬、麵包、冰淇淋的店家和提供道地西餐或咖啡的飲食店。據說其中還有不少是披頭四的成員之一、約翰藍儂生前鍾愛的店家呢。因鄰近地區農產、畜牧、養蜂業非常興盛，相關商品更是繁不勝數，若有機會來此一遊，這絕對是購買伴手禮的絕佳勝地。

而附近最享人氣的婚禮場地聖保羅天主教會和位於南輕井澤區、以人工鹽澤湖為中心所建造的大型綜合休閒公園鹽澤塔列辛（TALIESIN），以及輕井澤王子購物廣場（暢貨中心）也是享有絕佳人氣的賞景購物景點。建議大家租自行車代步，試想騎乘在林蔭之間的巷道，欣賞兩邊參天的綠樹、優雅的別墅，是不是別有一番風味呢？

07 困擾篇

どうしましたか。

怎麼了嗎？

咳（せき）が止（と）まらなくて胸（むね）が痛（いた）いんです。

咳不停而且胸口痛。

頭(あたま)が痛(いた)いんです。

a.ta.ma ga i.ta.i n de.su

頭很痛。

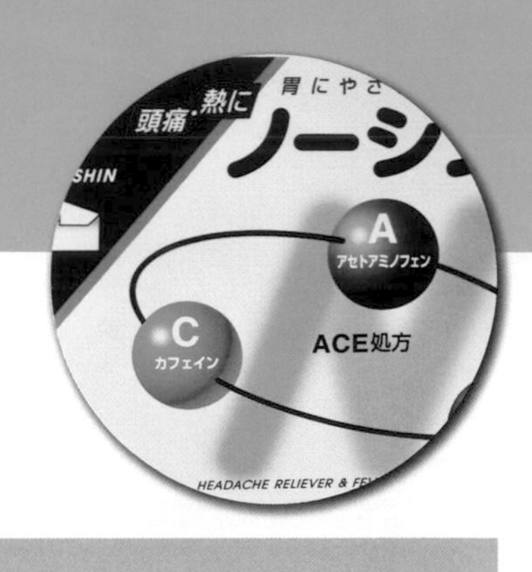

說明

助詞「**が**」表示「主語」，即狀態的主體。「**ん**」為「**の**」的口語說法，在這裡表示「說明」。不論是就醫或是去藥局，本句型是描述病情最簡單的說法。在藥局如果不知道要買什麼藥好，本句再加上「**おすすめの薬(くすり)はありますか**」（有推薦的藥嗎）即可。

把下面的單字套進去說說看

目(め) me 眼睛	耳(みみ) mi.mi 耳朵	歯(は) ha 牙齒
鼻(はな) ha.na 鼻子	喉(のど) no.do 喉嚨	首(くび) ku.bi 脖子

かた
肩
ka.ta
肩膀

むね
胸
mu.ne
胸部

せ なか
背中
se.na.ka
背

ひじ
肘
hi.ji
手肘

て
手
te
手

て くび
手首
te.ku.bi
手腕

こし
腰
ko.shi
腰

い
胃
i
胃

おなか
o.na.ka
肚子

ふと
太もも
fu.to.mo.mo
大腿

ひざ
膝
hi.za
膝蓋

ふくらはぎ
fu.ku.ra.ha.gi
小腿

すね
脛
su.ne
腳脛

こ かんせつ
股関節
ko.ka.n.se.tsu
股關節

あしくび
足首
a.shi.ku.bi
腳踝

かかと
踵
ka.ka.to
腳跟

つまさき
爪先
tsu.ma.sa.ki
腳尖

しり
お尻
o shi.ri
屁股

めまいがするんです。

me.ma.i ga su.ru n de.su

會頭暈。

說明

不同的助詞加「**する**」有不同的意思。本句型「**～が＋する**」表示「有～狀態或感覺」。而會話中常出現的「**～にする**」則表示「從多樣的選項中，選擇一樣」的意思，例如「**紅茶**（こうちゃ）**にする**」（我要紅茶）。另外最常見的「**～をする**」表示「做～」的意思，如「**宿題**（しゅくだい）**をする**」（做作業）。

把下面的單字套進去說說看

吐（は）き気（け） ha.ki.ke 噁心	寒気（さむけ） sa.mu.ke 發冷	立（た）ちくらみ ta.chi.ku.ra.mi 站起來發暈
動悸（どうき） do.o.ki 心悸	眠気（ねむけ） ne.mu.ke 想睡	耳鳴（みみな）り mi.mi.na.ri 耳鳴

MP3-097

咳（せき）が止（と）まらないんです。

se.ki ga to.ma.ra.na.i n de.su

咳嗽不止。

說明

自動詞「止（と）まる」（停止）的否定型「止（と）まらない」，表示「不停、不止的狀態」。「ん」為「の」的口語說法，在這裡表示「說明」。本句型也是就醫或買藥時的必用句，一定要記起來。

把下面的單字套進去說說看

くしゃみ ku.sha.mi 噴嚏	鼻水（はなみず） ha.na.mi.zu 鼻水	下痢（げり） ge.ri 腹瀉
痒（かゆ）み ka.yu.mi 癢	血（ち） chi 血（流）	冷（ひ）や汗（あせ） hi.ya.a.se 冷汗（流）

風邪(かぜ)みたいです。

ka.ze mi.ta.i de.su

好像是感冒。

說明

助動詞「**みたいです**」是「**ようです**」（好像是）的口語說法，不同的是，「**みたいです**」前面直接接名詞，但「**ようです**」和名詞之間要加「**の**」，例如「**脱臼(だっきゅう)のようです**」（好像脫臼了）。另外，本句也可以說成「**風邪(かぜ)かもしれません**」（或許是感冒）。

把下面的單字套進去說說看

喘息(ぜんそく) ze.n.so.ku 氣喘	食(しょく)あたり sho.ku.a.ta.ri 食物中毒	インフルエンザ i.n.fu.ru.e.n.za 流感
骨折(こっせつ) ko.s.se.tsu 骨折	捻挫(ねんざ) ne.n.za 扭傷	突(つ)き指(ゆび) tsu.ki.yu.bi 戳傷手指

スリだ！

su.ri da

扒手！

說明

真正碰到緊急狀況時，句子絕對不能太長，短短一句能夠達意就好。另外像是「**助**(たす)**けて**」（救命啊）、「**やめて**」（住手）、「**誰**(だれ)**か**」（有誰幫幫我）都是救命解困的句子，一定要記起來。

把下面的單字套進去說說看

泥棒(どろぼう) do.ro.bo.o 小偷	痴漢(ちかん) chi.ka.n 色狼	ひったくり hi.t.ta.ku.ri 搶劫 （利用腳踏車或機車等行搶行人）
火事(かじ) ka.ji 火災	殺人(さつじん) sa.tsu.ji.n 殺人	強盜(ごうとう) go.o.to.o 強盜

誰（だれ）か救急車（きゅうきゅうしゃ）を呼（よ）んでください。

da.re ka kyu.u.kyu.u.sha o yo.n.de ku.da.sa.i

有誰來叫一下救護車。

說明

「誰（だれ）か」指有沒有誰。請求他人幫助時可用「～て（で）ください」這個句型來表達。和臺灣一樣，在日本叫警察的時候要打「110」（注意念法），叫消防車或救護車時要打「119」。

把下面的單字套進去說說看

110番（ひゃくとおばん）して hya.ku.to.o.ba.n.shi.te 打一下110	来（き）て ki.te 過來一下	助（たす）けて ta.su.ke.te 幫一下忙
119番（ひゃくじゅうきゅうばん）して hya.ku.ju.u.kyu.u.ba.n.shi.te 打一下119	警察（けいさつ）に電話（でんわ）して ke.e.sa.tsu ni de.n.wa.shi.te 打電話給警察一下	通訳（つうやく）して tsu.u.ya.ku.shi.te 翻譯一下

財布(さいふ)をなくしました。

sa.i.fu o na.ku.shi.ma.shi.ta

錢包不見了。

說明

「**なくす**」為他動詞，表示「遺失」。在日本若遺失貴重物品，要馬上在就近的「**交番(こうばん)**」（派出所）報案，並拿取「**紛失届(ふんしつとどけ)の証明書(しょうめいしょ)**」（遺失證明），以備補發等手續的需要。如果需要緊急救助，可洽詢「台北駐日經濟文化代表處」（臺灣駐日機構）或其他分處。

把下面的單字套進去說說看

現金(げんきん) ge.n.ki.n 現金	カード ka.a.do 信用卡	携帯電話(けいたいでんわ) ke.e.ta.i de.n.wa 行動電話
パスポート pa.su.po.o.to 護照	荷物(にもつ) ni.mo.tsu 行李	鞄(かばん) ka.ba.n 皮包

受診(じゅしん)
ju.shi.n
接受診斷

先生(せんせい)：どうしましたか。
se.n.se.e do.o.shi.ma.shi.ta ka
醫生：怎麼了嗎？

患者(かんじゃ)：咳(せき)が止(と)まらなくて胸(むね)が痛(いた)いんです。
ka.n.ja se.ki ga to.ma.ra.na.ku.te mu.ne ga i.ta.i n de.su
患者：咳不停而且胸口痛。

先生(せんせい)：熱(ねつ)はありますか。
se.n.se.e ne.tsu wa a.ri.ma.su ka
醫生：有發燒嗎？

患者(かんじゃ)： 3 7度(さんじゅうななど)の微熱(びねつ)です。
ka.n.ja sa.n.ju.u.na.na.do no bi.ne.tsu de.su
患者：37度的微燒。

旅遊小補帖 | 日本就醫情事

日本一般的診所營業時間不長，大部分是從早上9點到下午6點，星期六只有半天，星期天和假日也不營業。在休診時間若有需要，可前往「**夜間診療所**(やかんしんりょうじょ)」（夜間診療所）或「**休日診療所**(きゅうじつしんりょうじょ)」（假日診療所）就診。狀況緊急的話，也可前往「**救急病院**(きゅうきゅうびょういん)」（急救醫院）就醫。

還有，日本的醫藥費很貴，如果沒有健康保險，光是看個感冒就要5,000日圓以上，若不嚴重，可請藥局的藥劑師為您介紹合適的藥。

観光客(かんこうきゃく)：バッグを失(な)くしたんですが……。

ka.n.ko.o.kya.ku ba.g.gu o na.ku.shi.ta n de.su ga

觀光客：包包不見了……。

警察(けいさつ)：中(なか)に何(なに)が入(はい)っていますか。

ke.e.sa.tsu na.ka ni na.ni ga ha.i.t.te i.ma.su ka

警察：裡面有什麼東西呢？

観光客(かんこうきゃく)：財布(さいふ)とパスポートが入(はい)っています。

ka.n.ko.o.kya.ku sa.i.fu to pa.su.po.o.to ga ha.i.t.te i.ma.su

觀光客：有錢包和護照。

警察(けいさつ)：それでは、こちらに記入(きにゅう)してください。

ke.e.sa.tsu so.re.de.wa ko.chi.ra ni ki.nyu.u.shi.te ku.da.sa.i

警察：那麼，請在這裡填資料。

旅遊小補帖｜在日本若遺失護照怎麼辦？

若遺失護照，不要慌張，首先要到就近的警察局或派出所報案，拿取護照的「**紛失届(ふんしつとどけ)の証明書(しょうめいしょ)**」（遺失證明），再準備4張大頭照（辦事處2張，回國移民署窗口2張）和可證明身分的證件或影印本連同上述的遺失證明到臺灣駐日機構辦理臨時入國證明書。

東京台北駐日經濟文化代表處

地址：東京都港區白金台5-20-2

電話：03-3280-7821（上班時間）、03-3280-7917（24小時）

橫濱、大阪、福岡、那霸、札幌分處地址與電話請參考如下網址。

https://www.e-japannavi.com/info/info11_2.shtml

生病、受傷就醫時的對話

1

観光客(かんこうきゃく)なので、自費(じひ)でお願(ねが)いします。
ka.n.ko.o.kya.ku.na no.de ji.hi de o ne.ga.i shi.ma.su
因為我是觀光客，所以要自費。

この診察申(しんさつもう)し込(こ)み用紙(ようし)に必要事項(ひつようじこう)をご記入(きにゅう)ください。
ko.no shi.n.sa.tsu mo.o.shi.ko.mi yo.o.shi ni hi.tsu.yo.o.ji.ko.o o go ki.nyu.u ku.da.sa.i
麻煩你在這初診單填入必要事項。

１番診察室(いちばんしんさつしつ)の前(まえ)でお掛(か)けになってお待(ま)ちください。
i.chi.ba.n shi.n.sa.tsu.shi.tsu no ma.e de o ka.ke ni na.t.te o ma.chi ku.da.sa.i
請你在1號診察室前稍坐等候。

2

気分(きぶん)が悪(わる)いんです。
ki.bu.n ga wa.ru.i n de.su
感覺不舒服。

3

体(からだ)がだるいんです。
ka.ra.da ga da.ru.i n de.su
渾身無力。

4

鼻(はな)が詰(つ)まるんです。
ha.na ga tsu.ma.ru n de.su
鼻子會塞住。

5

熱(ねつ)があるようです。
ne.tsu ga a.ru yo.o de.su
好像有發燒。

6

高熱(こうねつ)が続(つづ)いているんです。
ko.o.ne.tsu ga tsu.zu.i.te i.ru n de.su
持續著高燒。

7

息(いき)が苦(くる)しいんです。

i.ki ga ku.ru.shi.i n de.su

呼吸困難。

8

目(め)がチクチクするんです。

me ga chi.ku.chi.ku.su.ru n de.su

眼睛感覺刺痛。

9

体中(からだじゅう)がかゆいんです。

ka.ra.da.ju.u ga ka.yu.i n de.su

全身發癢。

10

胃(い)がもたれるんです。

i ga mo.ta.re.ru n de.su

胃會脹。

11

足首(あしくび)を挫(くじ)いたようです。

a.shi.ku.bi o ku.ji.i.ta yo.o de.su

腳踝好像扭到了。

12

膝(ひざ)が腫(は)れているんです。

hi.za ga ha.re.te i.ru n de.su

膝蓋腫起來了。

13

薬(くすり)のアレルギーはありますか。

ku.su.ri no a.re.ru.gi.i wa a.ri.ma.su ka

有藥物過敏嗎？

ありません。

a.ri.ma.se.n

沒有。

あります。～です。

a.ri.ma.su～de.su

有。是～。

14

トローチを出(だ)してもらえますか。

to.ro.o.chi o da.shi.te mo.ra.e.ma.su ka

能開喉片給我嗎？

發生竊盜、遺失等狀況的對話

MP3-106

1

電車の中で財布をすられました。

de.n.sha no na.ka de sa.i.fu o su.ra.re.ma.shi.ta

在電車裡錢包被扒走了。

2

店に携帯を置き忘れました。

mi.se ni ke.e.ta.i o o.ki.wa.su.re.ma.shi.ta

我把行動電話忘在店裡了。

3

もし見つかったら、ここに連絡していただけますか。

mo.shi mi.tsu.ka.t.ta.ra ko.ko ni re.n.ra.ku.shi.te i.ta.da.ke.ma.su ka

如果找到的話，能請你連絡這裡嗎？

4

どうすればいいですか。

do.o.su.re.ba i.i de.su ka

該怎麼辦才好呢？

5

警察を呼んでください。

ke.e.sa.tsu o yo.n.de ku.da.sa.i

請叫警察。

6

交番はどこですか。

ko.o.ba.n wa do.ko de.su ka

派出所在哪裡呢？

7

パスポートの紛失届をお願いしたいんですが……。

pa.su.po.o.to no fu.n.shi.tsu.to.do.ke o o ne.ga.i shi.ta.i n de.su ga

我想要辦理護照的遺失申報……。

8

台北駐日経済文化代表処の住所を教えてください。

ta.i.pe.e chu.u.ni.chi ke.e.za.i bu.n.ka da.i.hyo.o.sho no ju.u.sho o o.shi.e.te ku.da.sa.i

請告訴我台北駐日經濟文化代表處的地址。

單字補給站

やけど ya.ke.do 燙傷，燒傷	熱中症（ねっちゅうしょう） ne.c.chu.u.sho.o 中暑	外科（げか） ge.ka 外科	小児科（しょうにか） sho.o.ni.ka 小兒科
耳鼻咽喉科（じびいんこうか） ji.bi.i.n.ko.o.ka 耳鼻喉科	眼科（がんか） ga.n.ka 眼科	歯科（しか） shi.ka 齒科	内科（ないか） na.i.ka 內科
体温（たいおん） ta.i.o.n 體溫	血圧（けつあつ） ke.tsu.a.tsu 血壓	体重（たいじゅう） ta.i.ju.u 體重	レントゲン re.n.to.ge.n X光
注射（ちゅうしゃ） chu.u.sha 打針	解熱剤（げねつざい） ge.ne.tsu.za.i 退燒藥	点滴（てんてき） te.n.te.ki 點滴	粉薬（こなぐすり） ko.na.gu.su.ri 藥粉
錠剤（じょうざい） jo.o.za.i 藥丸	シロップ shi.ro.p.pu 糖漿	処方箋（しょほうせん） sho.ho.o.se.n 處方箋	診断書（しんだんしょ） shi.n.da.n.sho 診斷書

かわごえ
川越
ka.wa.go.e
川越

在江戶時代為河運中心的川越，是距離東京（舊稱江戶）最近的城下町，受江戶的影響也最深刻，故有「小江戶」的別稱。因倖免於戰火和震災之禍，有不少神社、寺院、老建築等古蹟和文物得以大量保存，在關東地區文化財的件數僅次於神奈川縣的鎌倉與栃木縣的日光。

要暢遊川越，可分成3區來進行，其中最有人氣的就是保有完善藏造建築群的「藏造建築區」，特別是集結多家百年老字號的「一番街」。由川越車站徒步前往一番街的途中，會經過「大正浪漫夢通」，不少日本電視電影在此取景，獨特的浪漫氛圍可見一斑。

接下來就是「本丸御殿區」，被選為「日本名城百選」的「川越城本丸御殿」，是川越城唯一現存的舊建築。穿越優美的大玄關，沿著左右綿延的長廊，可參觀昔日家臣執勤的辦公室與展示文物，想像昔日的盛況。

最後位於「喜多院區」、發祥於西元830年的喜多院（亦稱川越大師），是與江戶將軍德川家有深厚淵源的寺院，目前境內有1638年從江戶城移建而來的「德川家光誕生之屋」、「春日局化妝之屋」等重要國家文化財和文物。喜多院也是日本三大羅漢名寺之一，有538尊羅漢坐鎮其中，各尊羅漢像臉部有喜有怒有悲有哀，多樣表情令人嘆為觀止。從橫濱、澀谷、新宿或池袋只要1班電車就能直達，很適合在東京旅遊的空檔，抽出時間來趟知性的歷史探訪。

08 數字篇

7月20日（しちがつはつか）の12時（じゅうにじ）に予約（よやく）したいんですが、空（あ）いていますか。

我想預約7月20日的12點，請問有位子嗎？

7月20日（しちがつはつか）の12時（じゅうにじ）ですね。お客様（きゃくさま）は何名様（なんめいさま）ですか。

7月20日的12點對嗎。請問客人有幾位呢？

基本數字

MP3-108

いち 1 i.chi 1	に 2 ni 2	さん 3 sa.n 3
し　よん 4 / 4 shi / yo.n 4	ご 5 go 5	ろく 6 ro.ku 6
しち　なな 7 / 7 shi.chi / na.na 7	はち 8 ha.chi 8	きゅう　く 9 / 9 kyu.u / ku 9
じゅう 10 ju.u 10	よんじゅう 40 yo.n.ju.u 40	ななじゅう 70 na.na.ju.u 70
きゅうじゅう 90 kyu.u.ju.u 90	ひゃく 100 hya.ku 100	さんびゃくはちじゅう 380 sa.n.bya.ku.ha.chi.ju.u 380
よんひゃくろくじゅう 460 yo.n.hya.ku.ro.ku.ju.u 460	ごひゃくきゅうじゅう 590 go.hya.ku.kyu.u.ju.u 590	ななひゃく 700 na.na.hya.ku 700

はっぴゃくはちじゅう ８８０ ha.p.pya.ku.ha.chi.ju.u 880	きゅうひゃくさんじゅう ９３０ kyu.u.hya.ku.sa.n.ju.u 930	せん 1000 se.n 1000
せんきゅうひゃく １９００ se.n.kyu.u.hya.ku 1900	ろく せん 6 000 ro.ku.se.n 6000	ななせんろっぴゃく ７６００ na.na.se.n.ro.p.pya.ku 7600
いちまん １万 i.chi.ma.n 1萬	じゅうまん １０万 ju.u.ma.n 10萬	ひゃくまん 100万 hya.ku.ma.n 100萬
いっ せん まん 1 000万 i.s.se.n.ma.n 1000萬	いちおく １億 i.chi.o.ku 1億	いっちょう １兆 i.c.cho.o 1兆

特殊念法

さんびゃく ３００ sa.n.bya.ku 300	ろっぴゃく ６００ ro.p.pya.ku 600	はっぴゃく ８００ ha.p.pya.ku 800
さん ぜん 3 000 sa.n.ze.n 3000	はっ せん 8 000 ha.s.se.n 8000	

これは326円です。

さんびゃくにじゅうろくえん

ko.re wa sa.n.bya.ku.ni.ju.u.ro.ku.e.n de.su

這個是326日圓。

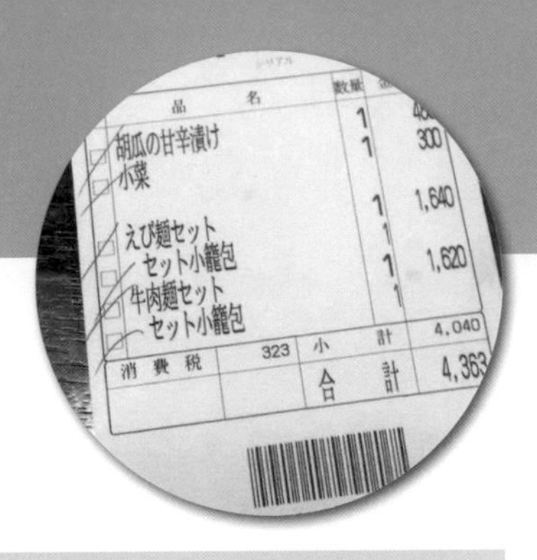

說明

要注意「4円（よえん）」的「4」的念法。4、7、9雖然各有2種念法，但是加上「円（えん）」這個單位的話，就要念成「4円（よえん）」、「7円（ななえん）」、「9円（きゅうえん）」，而除了「4円（よえん）」比較特別之外，其他就是「40円（よんじゅうえん）」、「70円（ななじゅうえん）」、「90円（きゅうじゅうえん）」。詢問價錢時，要說「**これはいくらですか**」（這個多少錢呢）。

把下面的單字套進去說說看

よえん **4円** yo.e.n 4日圓	よんじゅうえん **40円** yo.n.ju.u.e.n 40日圓	ななじゅうきゅうえん **79円** na.na.ju.u.kyu.u.e.n 79日圓
いちまんはっせんろっぴゃくえん **18600円** i.chi.ma.n.ha.s.se.n.ro.p.pya.ku.e.n 18600日圓	ろくせんななひゃくごじゅうえん **6750円** ro.ku.se.n.na.na.hya.ku.go.ju.u.e.n 6750日圓	きゅうひゃくさんじゅうえん **930円** kyu.u.hya.ku.sa.n.ju.u.e.n 930日圓
よんまんにせんきゅうひゃくえん **42900円** yo.n.ma.n.ni.se.n.kyu.u.hya.ku.e.n 42900日圓	さんびゃくはちじゅうきゅうえん **389円** sa.n.bya.ku.ha.chi.ju.u.kyu.u.e.n 389日圓	はっせんはっぴゃくえん **8800円** ha.s.se.n.ha.p.pya.ku.e.n 8800日圓

私(わたし)は21才(にじゅういっさい)です。

wa.ta.shi wa ni.ju.u.i.s.sa.i de.su

我21歲。

說明

注意8歲要念成「8才(はっさい)」，20歲要念成「20才(はたち)」。另外4、7、9雖然各有2種念法，但是加上「才(さい)」這個單位時，都要念成「よん」、「なな」、「きゅう」，也就是「4才(よんさい)」、「7才(ななさい)」、「9才(きゅうさい)」。要問人多少歲時可說「おいくつですか」（請問您幾歲呢），句首的「お」表示「尊敬」。

把下面的單字套進去說說看

48才(よんじゅうはっさい) yo.n.ju.u.ha.s.sa.i 48歲	59才(ごじゅうきゅうさい) go.ju.u.kyu.u.sa.i 59歲	37才(さんじゅうななさい) sa.n.ju.u.na.na.sa.i 37歲
26才(にじゅうろくさい) ni.ju.u.ro.ku.sa.i 26歲	19才(じゅうきゅうさい) ju.u.kyu.u.sa.i 19歲	64才(ろくじゅうよんさい) ro.ku.ju.u.yo.n.sa.i 64歲

わたし　いちがつ　う
私は１月生まれです。
wa.ta.shi wa i.chi.ga.tsu u.ma.re de.su

我是1月出生。

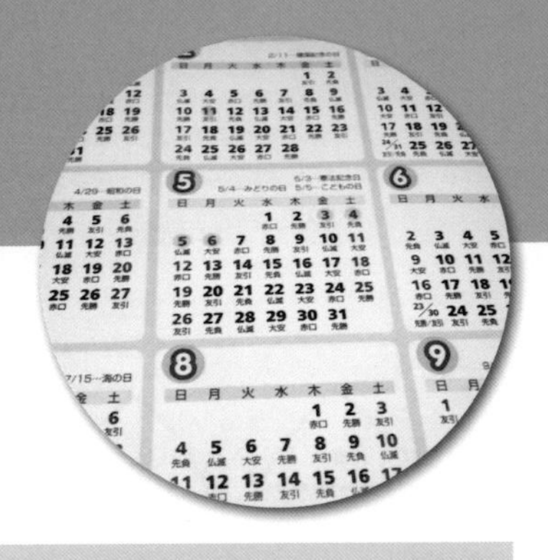

說明

注意4、7、9月必須念成「4月（しがつ）」、「7月（しちがつ）」、「9月（くがつ）」。如果要問人幾月生的話，可說「何月（なんがつ）生（う）まれですか」（請問幾月生呢）。

把下面的單字套進去說說看

にがつ 2月 ni.ga.tsu 2月	さんがつ 3月 sa.n.ga.tsu 3月	しがつ 4月 shi.ga.tsu 4月
ごがつ 5月 go.ga.tsu 5月	ろくがつ 6月 ro.ku.ga.tsu 6月	しちがつ 7月 shi.chi.ga.tsu 7月
はちがつ 8月 ha.chi.ga.tsu 8月	くがつ 9月 ku.ga.tsu 9月	じゅうがつ 10月 ju.u.ga.tsu 10月
じゅういちがつ 11月 ju.u.i.chi.ga.tsu 11月	じゅうにがつ 12月 ju.u.ni.ga.tsu 12月	

今日(きょう)は1日(ついたち)です。

kyo.o wa tsu.i.ta.chi de.su

今天是1號。

說明

要注意「14日(じゅうよっか)」、「20日(はつか)」、「24日(にじゅうよっか)」的念法。要問人今天幾號的話，可說「今日(きょう)は何日(なんにち)ですか」（今天是幾號呢）。

把下面的單字套進去說說看

2日(ふつか) fu.tsu.ka 2號	3日(みっか) mi.k.ka 3號	4日(よっか) yo.k.ka 4號
5日(いつか) i.tsu.ka 5號	6日(むいか) mu.i.ka 6號	7日(なのか) na.no.ka 7號

ようか 8日 yo.o.ka 8號	ここのか 9日 ko.ko.no.ka 9號	とおか 10日 to.o.ka 10號
じゅういちにち 11日 ju.u.i.chi.ni.chi 11號	じゅうににち 12日 ju.u.ni.ni.chi 12號	じゅうさんにち 13日 ju.u.sa.n.ni.chi 13號
じゅうよっか 14日 ju.u.yo.k.ka 14號	じゅうごにち 15日 ju.u.go.ni.chi 15號	じゅうろくにち 16日 ju.u.ro.ku.ni.chi 16號
じゅうしちにち 17日 ju.u.shi.chi.ni.chi 17號	じゅうはちにち 18日 ju.u.ha.chi.ni.chi 18號	じゅうくにち 19日 ju.u.ku.ni.chi 19號
はつか 20日 ha.tsu.ka 20號	にじゅうににち 22日 ni.ju.u.ni.ni.chi 22號	にじゅうよっか 24日 ni.ju.u.yo.k.ka 24號
にじゅうろくにち 26日 ni.ju.u.ro.ku.ni.chi 26號	にじゅうくにち 29日 ni.ju.u.ku.ni.chi 29號	さんじゅうにち 30日 sa.n.ju.u.ni.chi 30號

でんわばんごう　ゼロよんごのさんにいちのごいちななはち

電話番号は０４５-３２１-５１７８です。

de.n.wa.ba.n.go.o wa ze.ro.yo.n.go no sa.n.ni.i.chi no go.i.chi.na.na.ha.chi de.su

電話號碼是045-321-5178。

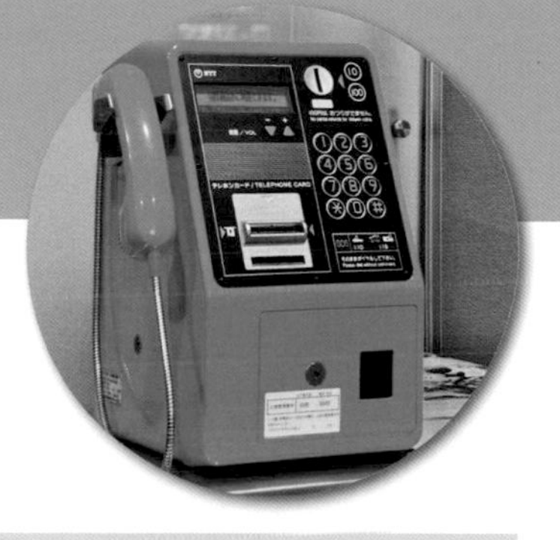

說明

為了讓對方容易聽取，電話號碼中常會加上「 」符號，念成「の」。雖然4、7、9各有2種念法，但因為容易和其他數字的發音混淆，一般多念成「よん」、「なな」、「きゅう」。另外，0可以念成「0（れい）」或「0（まる）」。

把下面的單字套進去說說看

ゼロさんのごろくはちいちのろくななはちきゅう 03-5681-6789 ze.ro.sa.n no go.ro.ku.ha.chi.i.chi no ro.ku.na.na.ha.chi.kyu.u 03-5681-6789	ゼロよんろくにのにななのはちよんさんご 0462-27-8435 ze.ro.yo.n.ro.ku.ni no ni.na.na no ha.chi.yo.n.sa.n.go 0462-27-8435
ゼロななのごさんきゅうよんのよんきゅうはちに 07-5394-4982 ze.ro.na.na no go.sa.n.kyu.u.yo.n no yo.n.kyu.u.ha.chi.ni 07-5394-4982	ゼロさんのにきゅうななはちのさんよんろくきゅう 03-2978-3469 ze.ro.sa.n no ni.kyu.u.na.na.ha.chi no sa.n.yo.n.ro.ku.kyu.u 03-2978-3469

今日(きょう)は月曜日(げつようび)です。

kyo.o wa ge.tsu.yo.o.bi de.su

今天是星期一。

說明

要問今天是星期幾的話，可說「**今日(きょう)は何曜日(なんようび)ですか**」（今天是星期幾呢）。若是昨天的話，就要說「**昨日(きのう)は何曜日(なんようび)でしたか**」（昨天是星期幾呢），過去式的話，後面的「**です**」要改成「**でした**」。

把下面的單字套進去說說看

にちようび 日曜日 ni.chi.yo.o.bi 星期天	かようび 火曜日 ka.yo.o.bi 星期二	すいようび 水曜日 su.i.yo.o.bi 星期三
もくようび 木曜日 mo.ku.yo.o.bi 星期四	きんようび 金曜日 ki.n.yo.o.bi 星期五	どようび 土曜日 do.yo.o.bi 星期六

日本(にほん)には2日間(ふつかかん)滞在(たいざい)する予定(よてい)です。

ni.ho.n ni wa fu.tsu.ka.ka.n ta.i.za.i.su.ru yo.te.e de.su

我預定在日本停留2天。

說明

本句型主要是學習日、星期、月、年的累計說法。要注意的是1天要說成「1日(いちにち)」。還有除了「～週間(しゅうかん)」（～星期）之外，上述的「間(かん)」都可以省略。「～か月(げつ)」（～個月）也可以寫成「～ヶ月(げつ)」，而「一か月(いっげつ)」（1個月）、「二か月(にげつ)」（2個月）也可以說成「一月(ひとつき)」、「二月(ふたつき)」。

把下面的單字套進去說說看

1日(いちにち) i.chi.ni.chi 1天	3日間(みっかかん) mi.k.ka.ka.n 3天	4日間(よっかかん) yo.k.ka.ka.n 4天
5日間(いつかかん) i.tsu.ka.ka.n 5天	6日間(むいかかん) mu.i.ka.ka.n 6天	7日間(なのかかん) na.no.ka.ka.n 7天

ようかかん 8日間 yo.o.ka.ka.n 8天	ここのかかん 9日間 ko.ko.no.ka.ka.n 9天	とおかかん 10日間 to.o.ka.ka.n 10天
じゅういちにちかん 11日間 ju.u.i.chi.ni.chi.ka.n 11天	じゅうよっかかん 14日間 ju.u.yo.k.ka.ka.n 14天	じゅうしちにちかん 17日間 ju.u.shi.chi.ni.chi.ka.n 17天
はつかかん 20日間 ha.tsu.ka.ka.n 20天	いっしゅうかん 一週間 i.s.shu.u.ka.n 1星期	よんしゅうかん 四週間 yo.n.shu.u.ka.n 4星期
いっ げつかん 一か月間 i.k.ka.ge.tsu.ka.n 1個月	いっ げつはん 一か月半 i.k.ka.ge.tsu.ha.n 1個月半	に げつ 二か月 ni.ka.ge.tsu 2個月
さん げつ 三か月 sa.n.ka.ge.tsu 3個月	いちねんかん 一年間 i.chi.ne.n.ka.n 1年	いちねんはん 一年半 i.chi.ne.n.ha.n 1年半

つぎ　でんしゃ　いちじじゅうごふん

次の電車は1時15分です。

tsu.gi no de.n.sha wa i.chi.ji ju.u.go.fu.n de.su

下一班電車是1點15分。

說明

要注意4點、7點和9點的念法。至於分鐘，1、3、6、8、10分，「分(ふん)」要變成「分(ぷん)」，同時1、6、8、10要變促音加「分(ぷん)」。10分可念成「10分(じゅっぷん)」、「10分(じっぷん)」。其他的數字念「分(ふん)」即可。另外，7分可念成「7分(しちふん)」、「7分(ななふん)」，但4分、9分只能念成「4分(よんふん)」、「9分(きゅうふん)」。

把下面的單字套進去說說看｜時

にじ 2時 ni.ji 2點	さんじ 3時 sa.n.ji 3點	よじ 4時 yo.ji 4點
ごじ 5時 go.ji 5點	ろくじ 6時 ro.ku.ji 6點	しち　ななじ 7／7時 shi.chi / na.na.ji 7點

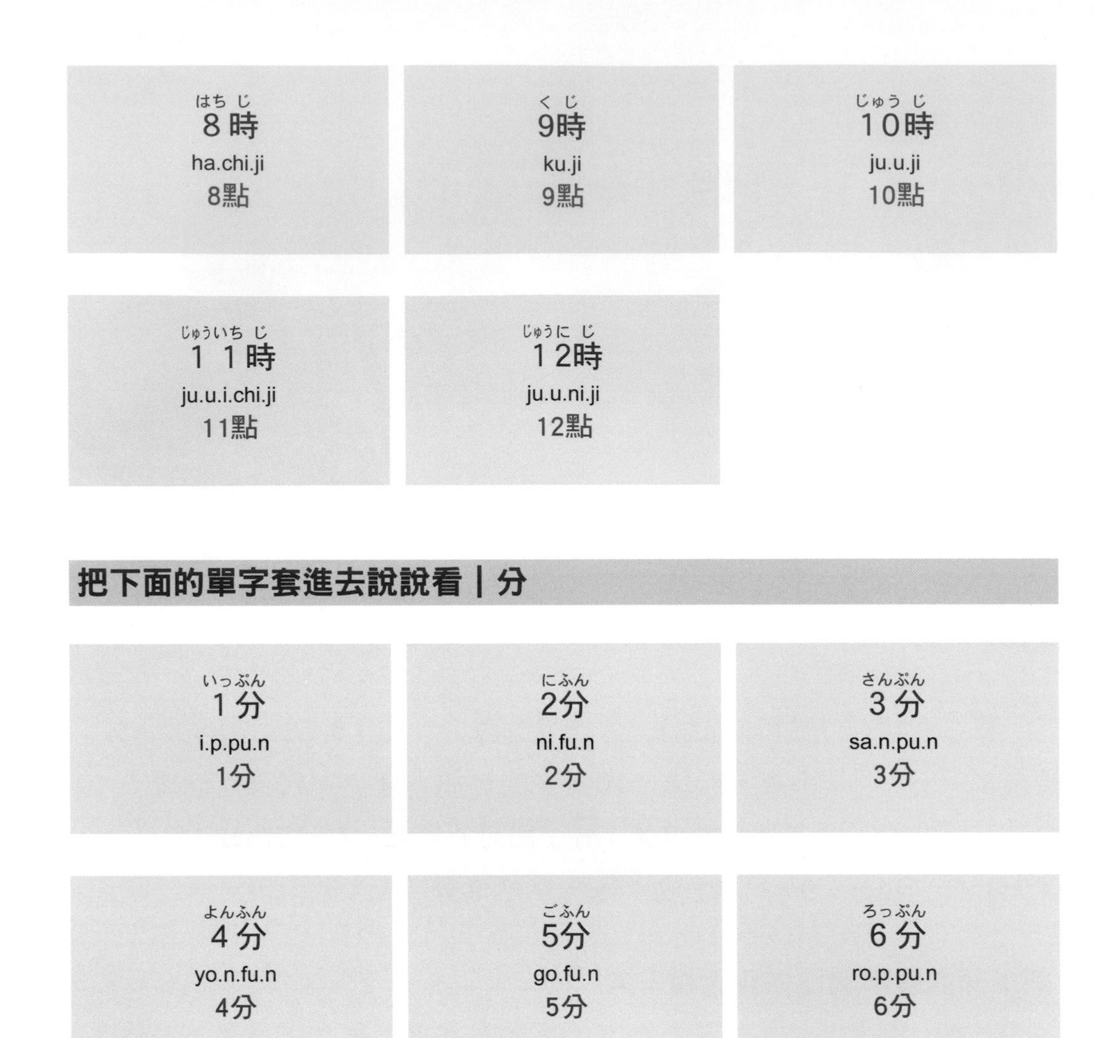

はちじ
8時
ha.chi.ji
8點

くじ
9時
ku.ji
9點

じゅうじ
10時
ju.u.ji
10點

じゅういちじ
11時
ju.u.i.chi.ji
11點

じゅうにじ
12時
ju.u.ni.ji
12點

把下面的單字套進去說說看｜分

いっぷん
1分
i.p.pu.n
1分

にふん
2分
ni.fu.n
2分

さんぷん
3分
sa.n.pu.n
3分

よんふん
4分
yo.n.fu.n
4分

ごふん
5分
go.fu.n
5分

ろっぷん
6分
ro.p.pu.n
6分

しち　ななふん
7／7分
shi.chi / na.na.fu.n
7分

はっぷん
8分
ha.p.pu.n
8分

きゅうふん
9分
kyu.u.fu.n
9分

じゅっ　じっぷん
10 / 10分
ju.p / ji.p.pu.n
10分

じゅういっぷん
11分
ju.u.i.p.pu.n
11分

じゅうさんぷん
13分
ju.u.sa.n.pu.n
13分

じゅうよんふん
14分
ju.u.yo.n.fu.n
14分

じゅうろっぷん
16分
ju.u.ro.p.pu.n
16分

じゅうはっぷん
18分
ju.u.ha.p.pu.n
18分

じゅうきゅうふん
19分
ju.u.kyu.u.fu.n
19分

にじゅっ　にじっぷん
20 / 20分
ni.ju.p / ni.ji.p.pu.n
20分

さんじゅっ　さんじっぷん
30 / 30分
sa.n.ju.p / sa.n.ji.p.pu.n
30分

さんじゅうきゅうふん
39分
sa.n.ju.u.kyu.u.fu.n
39分

よんじゅっ　よんじっぷん
40 / 40分
yo.n.ju.p / yo.n.ji.p.pu.n
40分

ごじゅっ　ごじっぷん
50 / 50分
go.ju.p / go.ji.p.pu.n
50分

ごじゅういっぷん
51分
go.ju.u.i.p.pu.n
51分

ごじゅうろっぷん
56分
go.ju.u.ro.p.pu.n
56分

ごじゅうはっぷん
58分
go.ju.u.ha.p.pu.n
58分

これを1（ひと）つください。

ko.re o hi.to.tsu ku.da.sa.i

請給我1個這個。

說明

1～10個有漢語與和語2種用法，若單位不是很清楚的話，和語用法是最簡便的方法。漢語用法請注意「1個（いっこ）」、「6個（ろっこ）」、「8個（はっこ）」、「10（じゅっ）／10（じっ）個（こ）」的念法。

把下面的單字套進去說說看｜個（和語用法）

2（ふた）つ fu.ta.tsu 2個	3（みっ）つ mi.t.tsu 3個	4（よっ）つ yo.t.tsu 4個
5（いつ）つ i.tsu.tsu 5個	6（むっ）つ mu.t.tsu 6個	7（なな）つ na.na.tsu 7個

やっ 8つ ya.t.tsu 8個	ここの 9つ ko.ko.no.tsu 9個	とお 10 to.o 10個

把下面的單字套進去說說看｜個（漢語用法）

いっ こ 1個 i.k.ko 1個	に こ 2個 ni.ko 2個	さん こ 3個 sa.n.ko 3個
よん こ 4個 yo.n.ko 4個	ご こ 5個 go.ko 5個	ろっ こ 6個 ro.k.ko 6個
なな こ 7個 na.na.ko 7個	はっ こ 8個 ha.k.ko 8個	きゅう こ 9個 kyu.u.ko 9個
じゅっ じっ こ 10 / 10個 ju.k / ji.k.ko 10個	じゅうはっ こ 18個 ju.u.ha.k.ko 18個	ひゃっ こ 100個 hya.k.ko 100個

にめい
2名です。
ni.me.e de.su

2位。

說明

一進餐廳，餐廳的服務生都會問「**お客様（きゃくさま）は何名様（なんめいさま）ですか**」（請問客人有幾位呢），這時候可用如下2種說法回答。

把下面的單字套進去說說看

いちめい 1名 i.chi.me.e 1位	さんめい 3名 sa.n.me.e 3位	よんめい 4名 yo.n.me.e 4位

也可以這樣回答

ひとり 1人 hi.to.ri 1個人	ふたり 2人 fu.ta.ri 2個人	よにん 4人 yo.ni.n 4個人

MP3-120

これを1人前（いちにんまえ）ください。

ko.re o i.chi.ni.n.ma.e ku.da.sa.i

請給我這個1人份。

說明

點菜會常常用到～人份，要注意不可以念成「1人前（ひとりまえ）」（×）、「2人前（ふたりまえ）」（×）。另外「4人前（よにんまえ）」也要注意不可念成「4人前（よんにんまえ）」（×）。

把下面的單字套進去說說看

2人前（ににんまえ） ni.ni.n.ma.e 2人份	3人前（さんにんまえ） sa.n.ni.n.ma.e 3人份	5人前（ごにんまえ） go.ni.n.ma.e 5人份
6人前（ろくにんまえ） ro.ku.ni.n.ma.e 6人份	7（しち）／7人前（ななにんまえ） shi.chi / na.na.ni.n.ma.e 7人份	8人前（はちにんまえ） ha.chi.ni.n.ma.e 8人份

生(なま)ビールを1杯(いっぱい)ください。

na.ma.bi.i.ru o i.p.pa.i ku.da.sa.i

請給我1杯生啤酒。

說明

「杯(はい)」除了是杯的單位，也是碗的單位，例如「ご飯(はん)2杯(にはい)」（2碗飯）。還有要注意「1杯(いっぱい)」、「3杯(さんばい)」、「6杯(ろっぱい)」、「8杯(はっぱい)」、「10(じゅっ)／10杯(じっぱい)」、「11杯(じゅういっぱい)」的念法。

把下面的單字套進去說說看

2杯(にはい) ni.ha.i 2杯	4杯(よんはい) yo.n.ha.i 4杯	5杯(ごはい) go.ha.i 5杯
7杯(ななはい) na.na.ha.i 7杯	9杯(きゅうはい) kyu.u.ha.i 9杯	11杯(じゅういっぱい) ju.u.i.p.pa.i 11杯

焼(や)き鳥(とり)を2本(にほん)ください。

ya.ki.to.ri o ni.ho.n ku.da.sa.i

請給我2串烤雞串。

說明

「本(ほん)」除了是串的單位，也是枝、瓶的單位。例如「コーラ1本(いっぽん)」（1瓶可樂）、「アイス1本(いっぽん)」（1枝冰棒）。另外，要注意「1本(いっぽん)」、「3本(さんぼん)」、「6本(ろっぽん)」、「8本(はっぽん)」、「10(じゅっ)/10本(じっぽん)」、「11本(じゅういっぽん)」的念法。

把下面的單字套進去說說看

さんぼん 3本 sa.n.bo.n 3串	よんほん 4本 yo.n.ho.n 4串	ごほん 5本 go.ho.n 5串
ななほん 7本 na.na.ho.n 7串	きゅうほん 9本 kyu.u.ho.n 9串	じゅういっぽん 11本 ju.u.i.p.po.n 11串

予約
yo.ya.ku
預約

客：7月20日の12時に予約したいんですが、空いていますか。
kya.ku shi.chi.ga.tsu ha.tsu.ka no ju.u.ni.ji ni yo.ya.ku.shi.ta.i n de.su ga a.i.te i.ma.su ka
客人：我想預約7月20日的12點，請問有位子嗎？

店員：7月20日の12時ですね。お客様は何名様ですか。
te.n.i.n shi.chi.ga.tsu ha.tsu.ka no ju.u.ni.ji de.su ne o kya.ku.sa.ma wa na.n.me.e.sa.ma de.su ka
店員：7月20日的12點對嗎。請問客人有幾位呢？

客：4名です。大人2人と子供2人です。
kya.ku yo.n.me.e de.su o.to.na fu.ta.ri to ko.do.mo fu.ta.ri de.su
客人：4位。大人2位和小孩2位。

店員：お電話番号をいただけますか。
te.n.i.n o de.n.wa.ba.n.go.o o i.ta.da.ke.ma.su ka
店員：能請教您的電話號碼嗎？

旅遊小補帖｜如何和日本人寒暄

除了早安、午安、晚安，日本人還喜歡利用天氣的話題來打招呼。據說是因為日本四季分明，大家對氣候的變化較為敏感，再加上日本人頗注重個人隱私，招呼多是點到為止。談論天氣既不牽涉個人隱私，又是不必傷腦筋的話題，自然而然就成了最普遍的招呼語。

出國旅遊若能和當地人交談，也是收穫，如何跟日本人開啟話題，「**今日はいい天気ですね**」（今天天氣很好呢）這樣的寒暄再合適也不過了。反之，如果碰到日本人這麼跟您打招呼，回答「**そうですね**」（是啊）或重複一遍「**今日はいい天気ですね**」即可。

注文（ちゅうもん）
chu.u.mo.n
點菜

客（きゃく）：すみません、生（なま）ビール1つ（ひと）と砂肝（すなぎも）3本（さんぼん）をください。
kya.ku su.mi.ma.se.n na.ma.bi.i.ru hi.to.tsu to su.na.gi.mo sa.n.bo.n o ku.da.sa.i
客人：麻煩你，請給我1杯生啤酒和3串烤雞胗。

店員（てんいん）：生（なま）ビール1つ（ひと）と砂肝（すなぎも）3本（さんぼん）ですね。以上（いじょう）でよろしいですか。
te.n.i.n na.ma.bi.i.ru hi.to.tsu to su.na.gi.mo sa.n.bo.n de.su ne i.jo.o de yo.ro.shi.i de.su ka
店員：1杯生啤酒和3串烤雞胗對嗎？請問這樣就好了嗎？

客（きゃく）：あと、もつ鍋（なべ）2人前（ににんまえ）をお願（ねが）いします。
kya.ku a.to mo.tsu.na.be ni.ni.n.ma.e o o ne.ga.i shi.ma.su
客人：此外，我還要內臟鍋2人份。

店員（てんいん）：かしこまりました。少々（しょうしょう）お待（ま）ちください。
te.n.i.n ka.shi.ko.ma.ri.ma.shi.ta sho.o.sho.o o ma.chi ku.da.sa.i
店員：我知道了。請稍等一會兒。

旅遊小補帖｜富士山＆「合目」

富士山是一座高達3,776公尺的活火山，不僅是日本的最高峰，也是自古以來日本信仰的聖山，並被視為日本的象徵，在觀光客中享有絕大的人氣。在2013年還以信仰的對象和藝術的泉源之名，獲選為世界文化遺產，因此有更多的海內外遊客想來一睹其真面目。

有趣的是富士山是以「**合目**（ごうめ）」（日本傳統計算山高的單位，也就是把一座山分成10合，「目」則是第幾個的序數）來計算高度，最高的地點是「十合目」，而「一合目」就是十分之一的高度。目前到「五合目」為止可以搭車，之後就得靠兩腳慢慢爬囉。

有關數字的常用對話

1

わたし へや さんがい さんまるろくごうしつ
私の部屋は３階の３０６号室です。
wa.ta.shi no he.ya wa sa.n.ga.i no sa.n.ma.ru.ro.ku go.o.shi.tsu de.su
我的房間是3樓的306號房。

2

わたし よにん かぞく
私は4人家族です。
wa.ta.shi wa yo.ni.n ka.zo.ku de.su
我家有4個人。

3

わたし にほん いちねんかん す
私は日本に１年間住んだことがあります。
wa.ta.shi wa ni.ho.n ni i.chi.ne.n.ka.n su.n.da ko.to ga a.ri.ma.su
我曾在日本住過1年。

4

はんとし にほんごがっこう べんきょう
半年くらい、日本語学校で勉強したことがあります。
ha.n.to.shi ku.ra.i ni.ho.n.go ga.k.ko.o de be.n.kyo.o.shi.ta ko.to ga a.ri.ma.su
我曾在日本語學校學習過半年左右。

5

ろっかい お
すみません、６階を押してください。
su.mi.ma.se.n ro.k.ka.i o o.shi.te ku.da.sa.i
不好意思，請幫我按6樓。

6

いち
ガソリンは１リットルでいくらですか。
ga.so.ri.n wa i.chi ri.t.to.ru de i.ku.ra.de.su ka
汽油1公升多少錢呢？

7

かいてんじかん じゅういちじはん
開店時間は１１時半です。
ka.i.te.n.ji.ka.n wa ju.u.i.chi.ji.ha.n de.su
開店時間是11點半。

8

もう こ しめきり はちがつじゅうごにち ごご さんじ
申し込みの締切は８月１５日午後３時です。
mo.o.shi.ko.mi no shi.me.ki.ri wa ha.chi.ga.tsu ju.u.go.ni.chi go.go sa.n.ji de.su
報名截止是8月15日下午3點。

MP3-126

單字補給站

ひとはこ 1箱 hi.to.ha.ko 1盒（箱）	いちまい 1枚 i.chi.ma.i 1張	いっちゃく 1着 i.c.cha.ku 1件（衣服）	いっそく 1足 i.s.so.ku 1雙 （鞋子、襪子）
いっさつ 1冊 i.s.sa.tsu 1本（書籍）	ひと き 1切れ hi.to.ki.re 1塊，1片	ひとさら 1皿 hi.to.sa.ra 1盤	ひゃく 100グラム hya.ku.gu.ra.mu 100公克
いちばん 1番 i.chi.ba.n 1號，第1	にばん め 2番目 ni.ba.n.me 第2個	れいてんさん 0.3 re.e.te.n.sa.n 0.3	にぶんのいち 1/2 ni.bu.n.no.i.chi 二分之一
じゅっ じっ 10/10 パーセント ju.p / ji.p.pa.a.se.n.to 10%	いち 1キロ i.chi.ki.ro 1公斤（公里）	いち 1メートル i.chi.me.e.to.ru 1公尺	いっ 1センチ i.s.se.n.chi 1公分
いちびょう 1秒 i.chi.byo.o 1秒	ご ぜん 午前 go.ze.n 上午	へいじつ 平日 he.e.ji.tsu 平日	しゅくじつ 祝日 shu.ku.ji.tsu 假日

おたる
小樽
o.ta.ru
小樽

小樽是北海道一個繁盛的港口都市，北邊面向日本海，東邊緊鄰北海道的道廳所在「札幌」，從江戶時代就發揮重要的港口都市機能，是北海道最具歷史的城市之一，因此市區內有很多百年傳統的歷史建築，絕對值得一遊。

要暢遊小樽，可以小樽車站為起點。於1934年以上野車站為主題而建造的小樽車站，為日本國家登錄的有型文化財產，值得細細品味。若想探訪風華一時的歷史街道，一定不能錯過小樽運河和北方的華爾街這兩個區域。小樽運河為大正時代沿海填土建造而成，運河沿岸的木骨石造倉庫，加上63座洋溢古典氛圍的街燈，交織成小樽獨特的景緻，特別是夜晚，燈光與建築的相互輝映，令人讚嘆不已。至於北方的華爾街，直到昭和初期為止，一直是銀行、商社和海運公司集結的繁榮地區，至今仍有許多歷史建築物如舊北海道銀行本店、舊北海道拓殖銀行小樽分店存留在此，要一睹明治、大正風華的面貌，這裡再適合也不過了。

小樽市最熱鬧的街區「堺町通」當然也不能錯過。沿街有很多由歷史建築物改裝的禮品店、餐廳和展覽館，逛起來別有一番風味。因臨港的地利之便，新鮮的海味非常豐富，光是以「壽司通」為中心的市內，就有100家以上的壽司店，而車站附近的三角市場也能以實惠的價格享受新鮮的海味，相信一趟下來絕對能夠讓人大飽口福。

附錄

- 日本的行政區與各縣市
- 日本四季風物詩
- 日本的國定假日
- 東京都電車路線圖
- 橫濱電車路線圖
- 大阪電車路線圖
- 名古屋電車路線圖
- 京都電車路線圖
- 福岡電車路線圖
- 札幌電車路線圖
- 日語音韻表

日本的行政區與各縣市

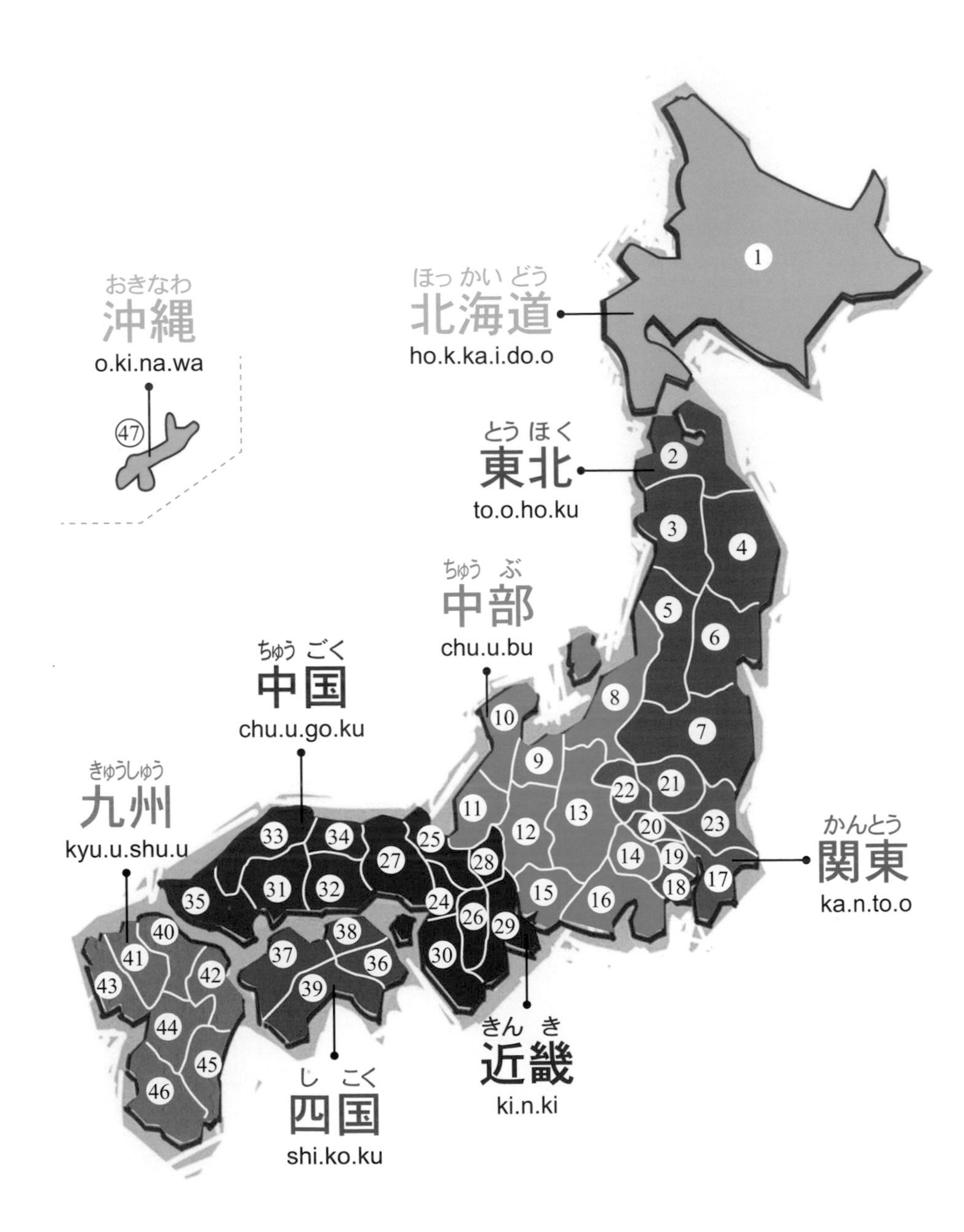
おきなわ
沖縄
o.ki.na.wa
ほっかいどう
北海道
ho.k.ka.i.do.o
とうほく
東北
to.o.ho.ku
ちゅうぶ
中部
chu.u.bu
ちゅうごく
中国
chu.u.go.ku
きゅうしゅう
九州
kyu.u.shu.u
かんとう
関東
ka.n.to.o
きんき
近畿
ki.n.ki
しこく
四国
shi.ko.ku
1 2 3 4 5 6 7 8 9 10 11 12 13 14 15 16 17 18 19 20 21 22 23 24 25 26 27 28 29 30 31 32 33 34 35 36 37 38 39 40 41 42 43 44 45 46 47

1 ほっかいどう 北海道 ho.k.ka.i.do.o	2 あおもりけん 青森県 a.o.mo.ri ke.n	3 あきたけん 秋田県 a.ki.ta ke.n	4 いわてけん 岩手県 i.wa.te ke.n
5 やまがたけん 山形県 ya.ma.ga.ta ke.n	6 みやぎけん 宮城県 mi.ya.gi ke.n	7 ふくしまけん 福島県 fu.ku.shi.ma ke.n	8 にいがたけん 新潟県 ni.i.ga.ta ke.n
9 とやまけん 富山県 to.ya.ma ke.n	10 いしかわけん 石川県 i.shi.ka.wa ke.n	11 ふくいけん 福井県 fu.ku.i ke.n	12 ぎふけん 岐阜県 gi.fu ke.n
13 ながのけん 長野県 na.ga.no ke.n	14 やまなしけん 山梨県 ya.ma.na.shi ke.n	15 あいちけん 愛知県 a.i.chi ke.n	16 しずおかけん 静岡県 shi.zu.o.ka ke.n

富山縣五箇山合掌造聚落

17 ちばけん 千葉県 chi.ba ke.n

18 かながわけん 神奈川県 ka.na.ga.wa ke.n

19 とうきょうと 東京都 to.o.kyo.o to

20 さいたまけん 埼玉県 sa.i.ta.ma ke.n

21 とちぎけん 栃木県 to.chi.gi ke.n

22 ぐんまけん 群馬県 gu.n.ma ke.n

23 いばらきけん 茨城県 i.ba.ra.ki ke.n

24 おおさかふ 大阪府 o.o.sa.ka fu

京都府金閣寺

25 きょうとふ 京都府 kyo.o.to fu

26 ならけん 奈良県 na.ra ke.n

27 ひょうごけん 兵庫県 hyo.o.go ke.n

28 しがけん 滋賀県 shi.ga ke.n

29 みえけん 三重県 mi.e ke.n

30 わかやまけん 和歌山県 wa.ka.ya.ma ke.n

31 ひろしまけん 広島県 hi.ro.shi.ma ke.n

32 おか やま けん 岡山県 o.ka.ya.ma ke.n

33 しま ね けん 島根県 shi.ma.ne ke.n

34 とっ とり けん 鳥取県 to.t.to.ri ke.n

35 やま ぐち けん 山口県 ya.ma.gu.chi ke.n

36 とく しま けん 徳島県 to.ku.shi.ma ke.n

37 え ひめ けん 愛媛県 e.hi.me ke.n

38 か がわ けん 香川県 ka.ga.wa ke.n

39 こう ち けん 高知県 ko.o.chi ke.n

40 ふく おか けん 福岡県 fu.ku.o.ka ke.n

41 さ が けん 佐賀県 sa.ga ke.n

42 おお いた けん 大分県 o.o.i.ta ke.n

43 なが さき けん 長崎県 na.ga.sa.ki ke.n

44 くま もと けん 熊本県 ku.ma.mo.to ke.n

45 みや ざき けん 宮崎県 mi.ya.za.ki ke.n

46 か ご しま けん 鹿児島県 ka.go.shi.ma ke.n

47 おき なわ けん 沖縄県 o.ki.na.wa ke.n

沖繩縣招福獅

日本四季風物詩

日本四季氣候分明，孕育出豐富多變的自然景觀與風土文化，在這得天獨厚的環境下，也培育出日本人對季節更迭的敏銳反應。春天櫻花的燦爛奪目，夏季繡球花給人的涼意，秋天楓葉的火紅與銀杏的鮮黃，冬季靄靄的白雪和刺骨寒風，只要置身其中，就能馬上感受到當下季節的氣息。

除了大自然，從料理和節慶活動也可以感受到日本的季節氛圍。日本人在飲食方面非常講究「**旬の味**」（當令美味），料理時，都會刻意使用應時的食材。例如春天的油菜花、竹筍、山菜，夏天的毛豆、香魚、蠑螺，食欲之秋的鮭魚卵、栗子、松茸、銀杏，以及冬天的海鮮（為了過冬，這時候的海產特別肥美，例如著名的「寒鰤」、「寒比目魚」、「寒蜆」），都是各個季節盛產的食材。街上的餐廳、美食街也會配合時節推出應時的菜單與料理。想像在櫻花盛開的季節，買份百貨公司地下美食街的賞花便當，豈不優雅。

要體會日本四季不同的氣氛，各種應時的節慶活動，也不宜錯過。每年1月第2個星期一的成人節，在街上會看到許多身穿高雅和服的新成人，而5月初挨家挨戶的庭院則懸掛著巨大的鯉魚旗，來祈求家中男童的成長。至於夏天，當然是各地舉辦的廟會祭典與煙火大會。喜歡浪漫氣氛的朋友，也建議您在12月前往日本一睹慶祝聖誕節燈飾的燦爛輝煌。您喜歡日本的哪個季節呢？就等您親自去體會玩味囉。

日本的國定假日

一月一日	元日	< ga.n.ji.tsu >	元旦
一月的第二個星期一	成人の日	< se.e.ji.n no hi >	成人節
二月十一日	建国記念の日	< ke.n.ko.ku.ki.ne.n no hi >	建國紀念日
三月廿一日	春分の日	< shu.n.bu.n no hi >	春分
四月廿九日	昭和の日	< sho.o.wa no hi >	昭和日
五月三日	憲法記念日	< ke.n.po.o ki.ne.n.bi >	憲法紀念日
五月四日	みどりの日	< mi.do.ri no hi >	綠化節
五月五日	こどもの日	< ko.do.mo no hi >	兒童節
十月第三個星期一	海の日	< u.mi no hi >	海洋節
八月十一日	山の日	< ya ma no hi >	山之日
九月第三個星期一	敬老の日	< ke.e.ro.o no hi >	敬老節
九月廿二日	国民の休日	< ko.ku.mi.n no kyu.u.ji.tsu >	國民休息日
九月廿三日	秋分の日	< shu.u.bu.n no hi >	秋分
十月的第二個星期一	体育の日	< ta.i.i.ku no hi >	體育節
十一月三日	文化の日	< bu.n.ka no hi >	文化節
十一月廿三日	勤労感謝の日	< ki.n.ro.o ka.n.sha no hi >	勤勞感謝日
十二月廿三日	天皇誕生日	< te.n.no.o ta.n.jo.o.bi >	天皇誕辰

※粉紅色和淺紫色區塊的連休分別是所謂的「黃金週休」與「白銀週休」。

東京都電車路線圖

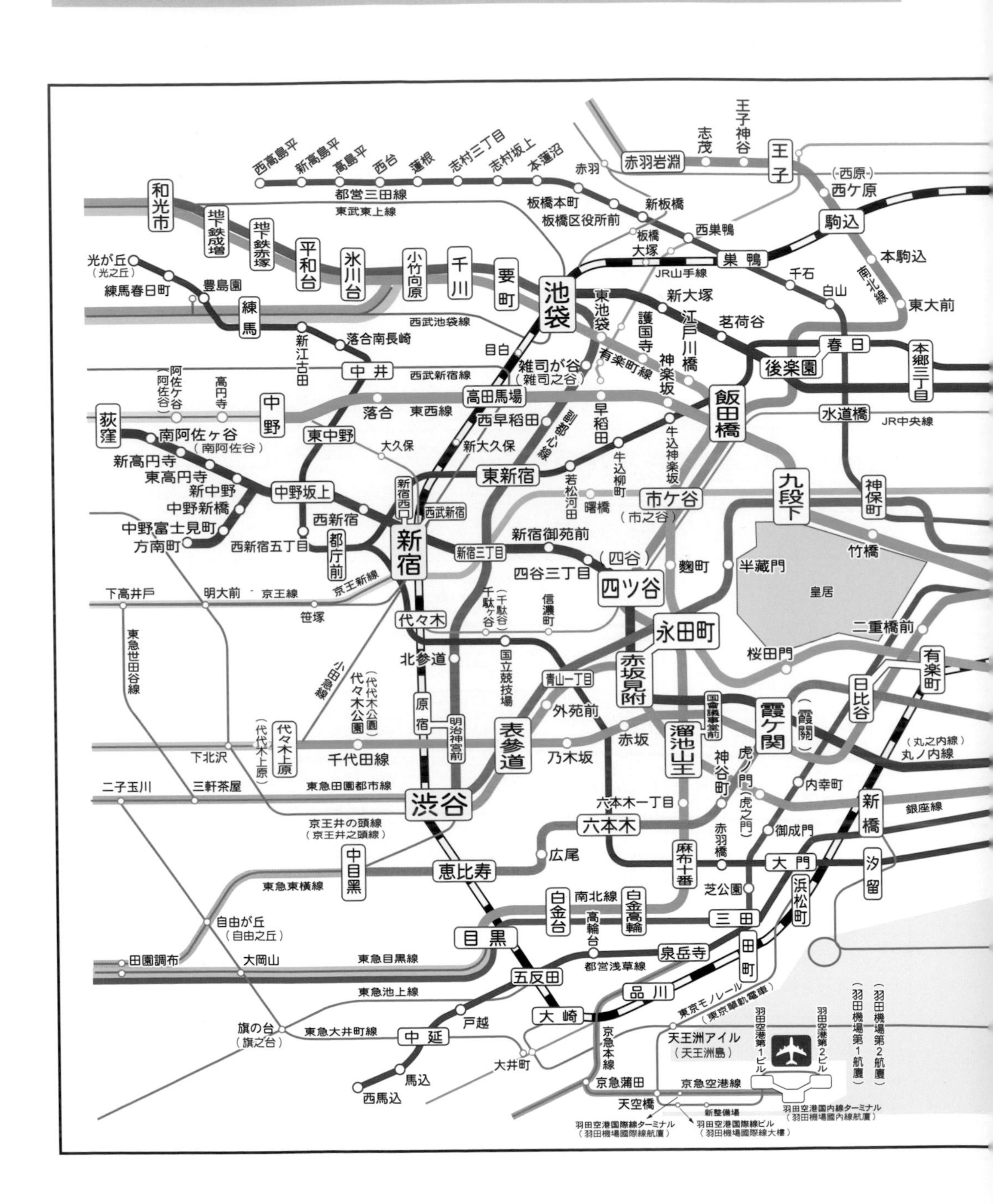

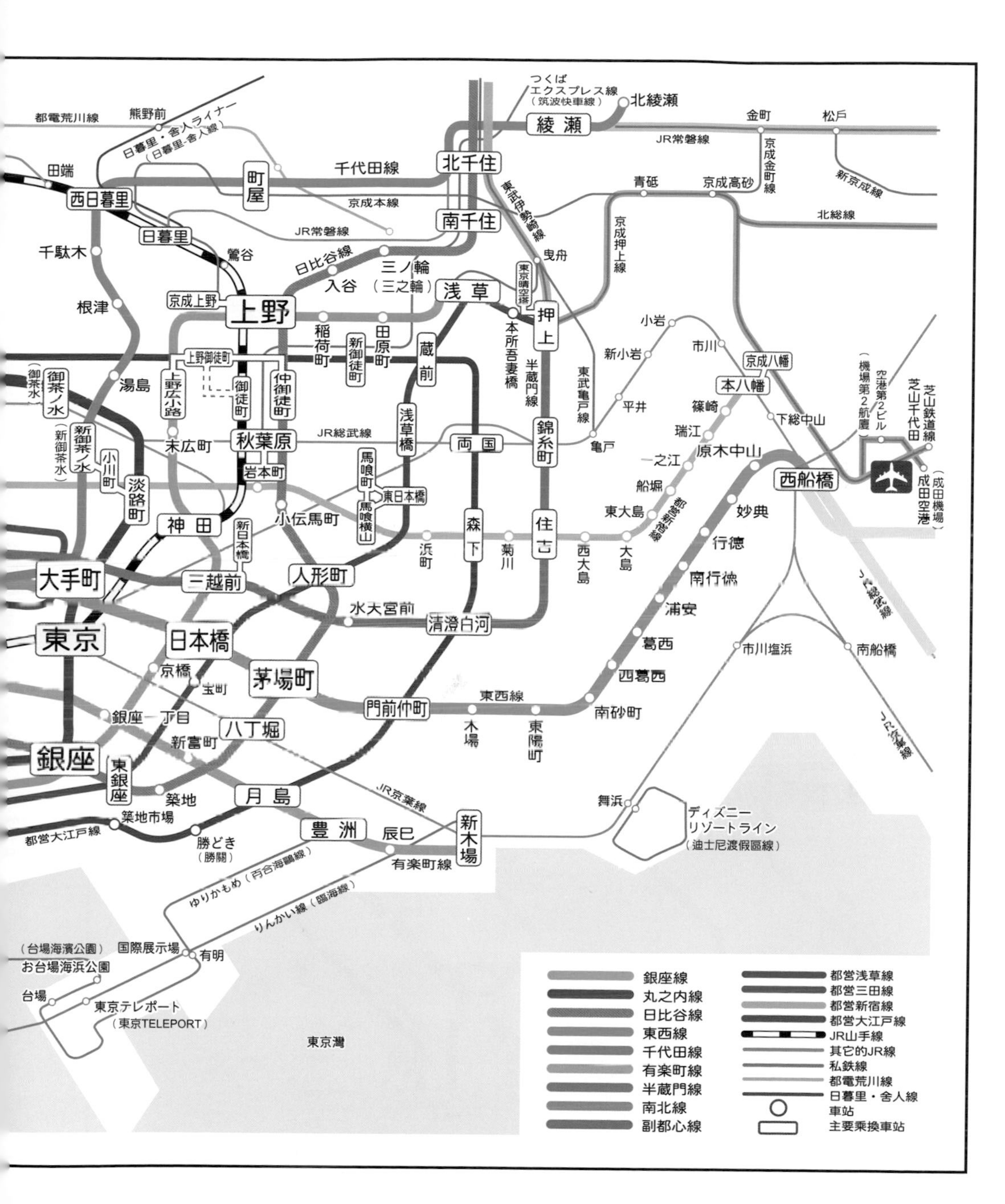

都電荒川線
熊野前
日暮里・舎人ライナー
（日暮里-舍人線）
田端
西日暮里
日暮里
千駄木
根津
町屋
千代田線
北千住
南千住
京成本線
JR常磐線
綾瀬
北綾瀬
つくばエクスプレス線
（筑波快車線）
金町
松戸
京成金町線
新京成線
青砥
京成高砂
北総線
京成押上線
東武伊勢崎線
曳舟
東京晴空塔
鶯谷
京成上野
上野
日比谷線
入谷
三ノ輪
（三之輪）
浅草
押上
本所吾妻橋
半蔵門線
稲荷町
田原町
新御徒町
上野御徒町
上野広小路
御徒町
仲御徒町
蔵前
湯島
御茶ノ水
（御茶水）
新御茶ノ水
（新御茶水）
小川町
淡路町
末広町
秋葉原
JR総武線
岩本町
浅草橋
両国
錦糸町
亀戸
東武亀戸線
小岩
新小岩
平井
市川
京成八幡
本八幡
篠崎
瑞江
一之江
船堀
原木中山
下総中山
西船橋
空港第2ビル
（機場第2航廈）
芝山千代田
芝山鉄道線
成田空港
（成田機場）
神田
小伝馬町
新日本橋
馬喰町
東日本橋
馬喰横山
森下
住吉
浜町
菊川
西大島
大島
東大島
都営新宿線
妙典
行徳
南行徳
浦安
葛西
西葛西
南砂町
大手町
三越前
人形町
水天宮前
清澄白河
東京
日本橋
京橋
宝町
茅場町
門前仲町
東西線
木場
東陽町
市川塩浜
南船橋
銀座一丁目
新富町
八丁堀
銀座
東銀座
築地
月島
JR京葉線
築地市場
都営大江戸線
勝どき
（勝鬨）
豊洲
辰巳
新木場
有楽町線
舞浜
ディズニーリゾートライン
（迪士尼渡假區線）
ゆりかもめ（百合海鷗線）
りんかい線（臨海線）
（台場海濱公園）
お台場海浜公園
国際展示場
有明
台場
東京テレポート
（東京TELEPORT）
東京灣
銀座線
丸之内線
日比谷線
東西線
千代田線
有楽町線
半蔵門線
南北線
副都心線
都営浅草線
都営三田線
都営新宿線
都営大江戸線
JR山手線
其它的JR線
私鉄線
都電荒川線
日暮里・舍人線
車站
主要乘換車站

橫濱電車路線圖

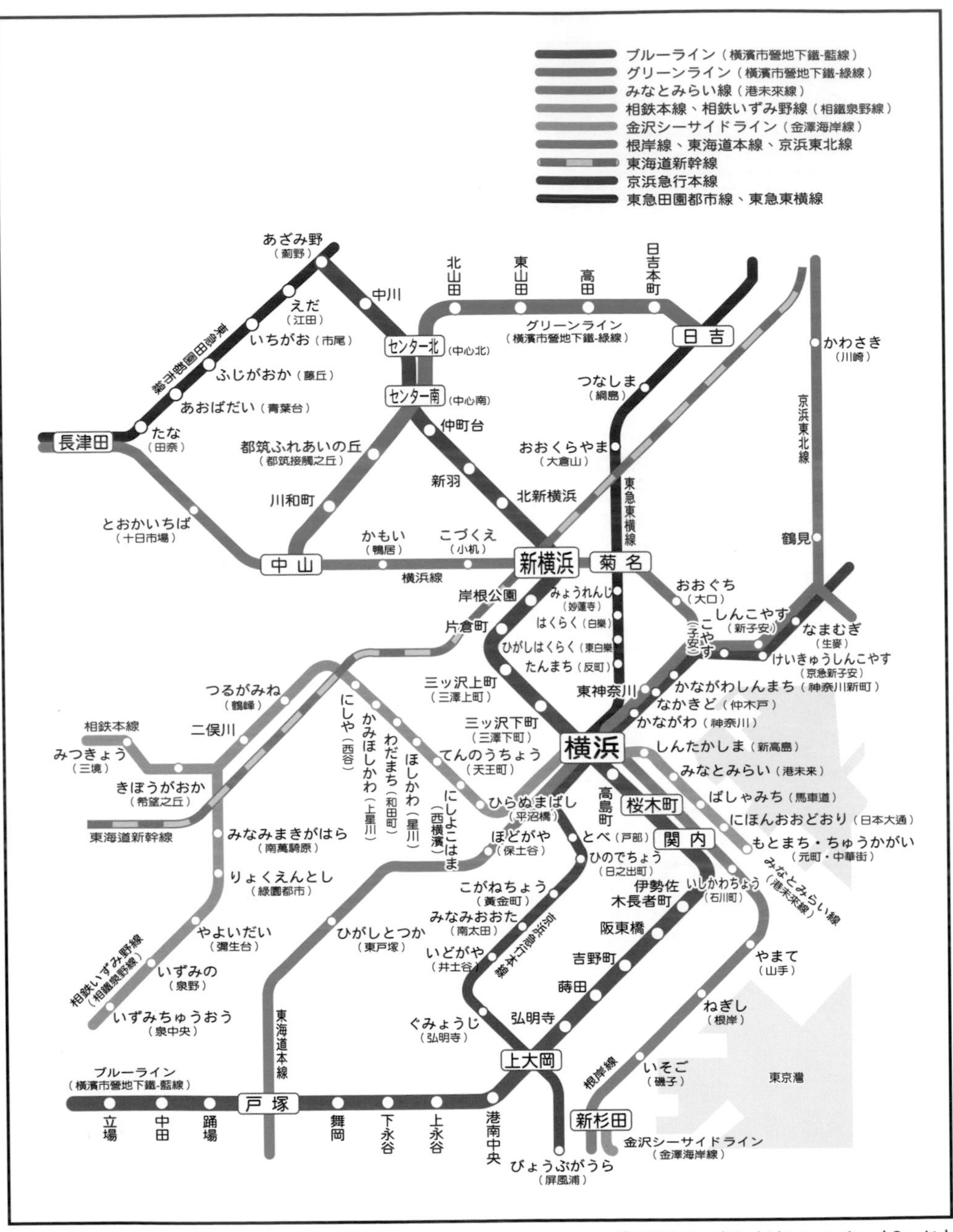
ブルーライン（橫濱市營地下鐵-藍線）
グリーンライン（橫濱市營地下鐵-綠線）
みなとみらい線（港未來線）
相鉄本線、相鉄いずみ野線（相鐵泉野線）
金沢シーサイドライン（金澤海岸線）
根岸線、東海道本線、京浜東北線
東海道新幹線
京浜急行本線
東急田園都市線、東急東横線
あざみ野
（薊野）
中川
えだ
（江田）
いちがお（市尾）
ふじがおか（藤丘）
あおばだい（青葉台）
たな
（田奈）
長津田
東急田園都市線
センター北（中心北）
センター南（中心南）
北山田
東山田
高田
日吉本町
グリーンライン
（橫濱市營地下鐵-綠線）
日吉
つなしま
（綱島）
おおくらやま
（大倉山）
東急東橫線
かわさき
（川崎）
京浜東北線
鶴見
仲町台
都筑ふれあいの丘
（都筑接觸之丘）
川和町
新羽
北新横浜
とおかいちば
（十日市場）
中山
かもい
（鴨居）
こづくえ
（小机）
横浜線
新横浜
菊名
おおぐち
（大口）
岸根公園
みょうれんじ
（妙蓮寺）
はくらく（白樂）
ひがしはくらく（東白樂）
たんまち（反町）
片倉町
こやす
（子安）
しんこやす
（新子安）
なまむぎ
（生麥）
けいきゅうしんこやす
（京急新子安）
かながわしんまち（神奈川新町）
なかきど（仲木戸）
かながわ（神奈川）
東神奈川
三ッ沢上町
（三澤上町）
三ッ沢下町
（三澤下町）
てんのうちょう
（天王町）
横浜
しんたかしま（新高島）
みなとみらい（港未來）
ばしゃみち（馬車道）
にほんおおどおり（日本大通）
もとまち・ちゅうかがい
（元町・中華街）
みなとみらい線
（港未來線）
つるがみね
（鶴峰）
相鉄本線
二俣川
みつきょう
（三境）
きぼうがおか
（希望之丘）
東海道新幹線
にしや
（西谷）
かみほしかわ
（上星川）
わだまち
（和田町）
ほしかわ
（星川）
にしよこはま
（西橫濱）
ひらぬまばし
（平沼橋）
ほどがや
（保土谷）
高島町
桜木町
とべ（戸部）
関内
ひのでちょう
（日之出町）
みなみまきがはら
（南萬騎原）
りょくえんとし
（綠園都市）
やよいだい
（彌生台）
いずみの
（泉野）
いずみちゅうおう
（泉中央）
相鉄いずみ野線
（相鐵泉野線）
ひがしとつか
（東戶塚）
こがねちょう
（黃金町）
みなみおおた
（南太田）
いどがや
（井土谷）
京浜急行本線
伊勢佐木長者町
いしかわちょう
（石川町）
阪東橋
吉野町
蒔田
やまて
（山手）
ねぎし
（根岸）
ぐみょうじ
（弘明寺）
弘明寺
上大岡
根岸線
いそご
（磯子）
東京灣
東海道本線
ブルーライン
（橫濱市營地下鐵-藍線）
立場
中田
踊場
戸塚
舞岡
下永谷
上永谷
港南中央
新杉田
金沢シーサイドライン
（金澤海岸線）
びょうぶがうら
（屏風浦）

大阪電車路線圖

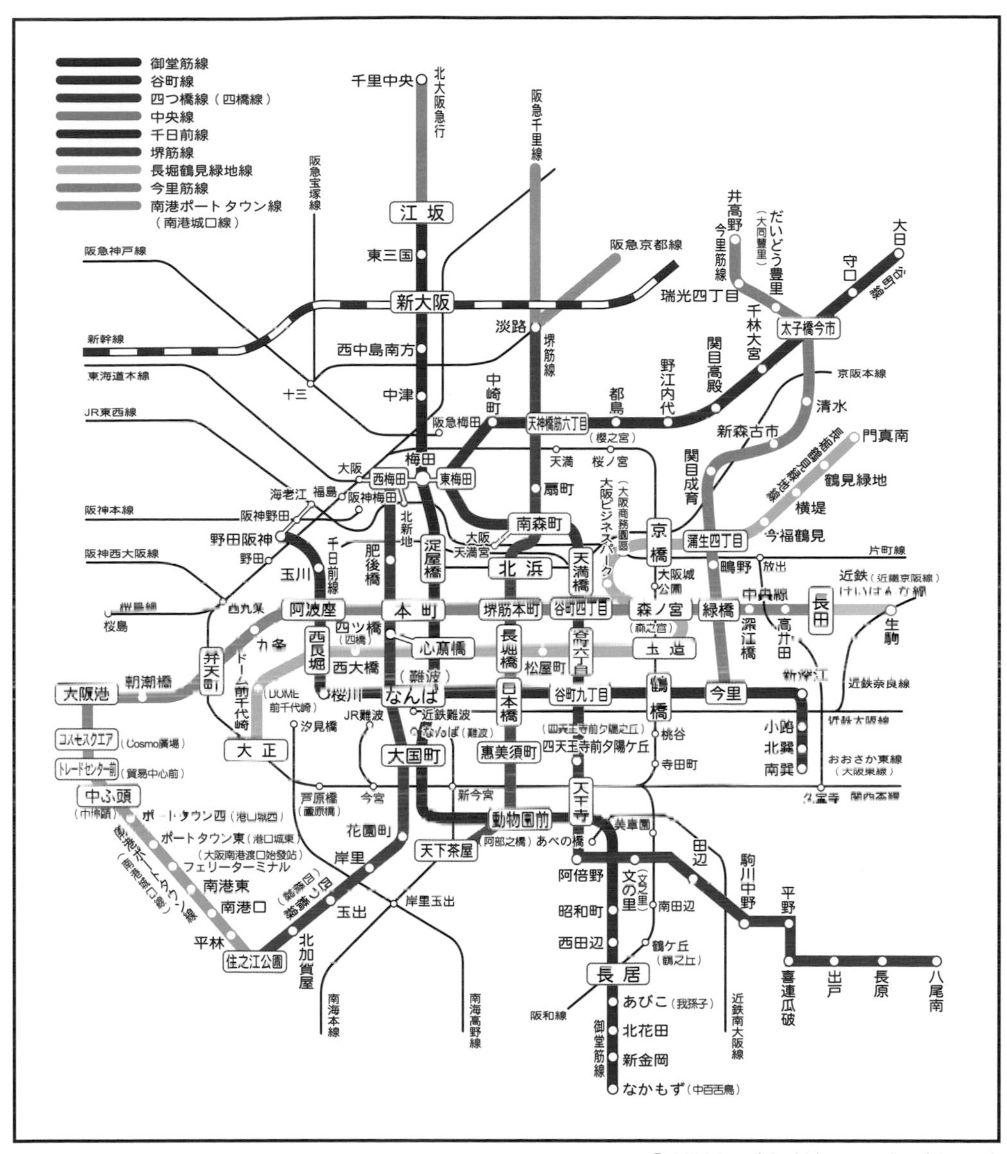

御堂筋線
谷町線
四つ橋線（四橋線）
中央線
千日前線
堺筋線
長堀鶴見緑地線
今里筋線
南港ポートタウン線
（南港城口線）
千里中央
北大阪急行
阪急千里線
阪急宝塚線
阪急神戸線
阪急京都線
江坂
東三国
新大阪
新幹線
西中島南方
東海道本線
十三
中津
JR東西線
阪急梅田
中崎町
天神橋筋六丁目
（樓之宮）
淡路
堺筋線
都島
野江内代
関目高殿
千林大宮
瑞光四丁目
井高野
今里筋線
だいどう豊里
（大同豐里）
太子橋今市
守口
大日
京阪本線
清水
新森古市
門真南
鶴見緑地
横堤
今福鶴見
蒲生四丁目
関目成育
大阪
梅田
西梅田
東梅田
阪神梅田
福島
海老江
阪神本線
阪神野田
野田阪神
阪神西大阪線
野田
天満
桜ノ宮
扇町
南森町
大阪天満宮
北新地
千日前線
肥後橋
淀屋橋
北浜
天満橋
大阪ビジネスパーク
京橋
鴫野
放出
片町線
大阪城公園
玉川
桜島
西九条
阿波座
本町
堺筋本町
谷町四丁目
森ノ宮
緑橋
中央線
長田
近鉄（近鐵京阪線）
生駒
九条
西長堀
四ツ橋
（四橋）
心斎橋
長堀橋
松屋町
谷町六丁目
玉造
深江橋
高井田
弁天町
ドーム前千代崎
西大橋
（難波）
日本橋
谷町九丁目
鶴橋
今里
新深江
近鉄奈良線
大阪港
朝潮橋
桜川
なんば
JR難波
近鉄難波
（難波）
四天王寺前夕陽ケ丘
桃谷
小路
北巽
南巽
近鉄大阪線
おおさか東線
（大阪東線）
コスモスクエア
（Cosmo廣場）
トレードセンター前
（貿易中心前）
大正
汐見橋
大国町
恵美須町
寺田町
中ふ頭
ポートタウン西
ポートタウン東
フェリーターミナル
南港東
南港口
平林
芦原橋
今宮
新今宮
花園町
岸里
動物園前
天王寺
（阿部之橋）あべの橋
美章園
天下茶屋
阿倍野
文の里
田辺
駒川中野
平野
岸里玉出
玉出
北加賀屋
住之江公園
昭和町
南田辺
西田辺
鶴ケ丘
長居
あびこ（我孫子）
阪和線
北花田
新金岡
なかもず（中百舌鳥）
御堂筋線
南海本線
南海高野線
近鉄南大阪線
喜連瓜破
出戸
長原
八尾南

名古屋電車路線圖

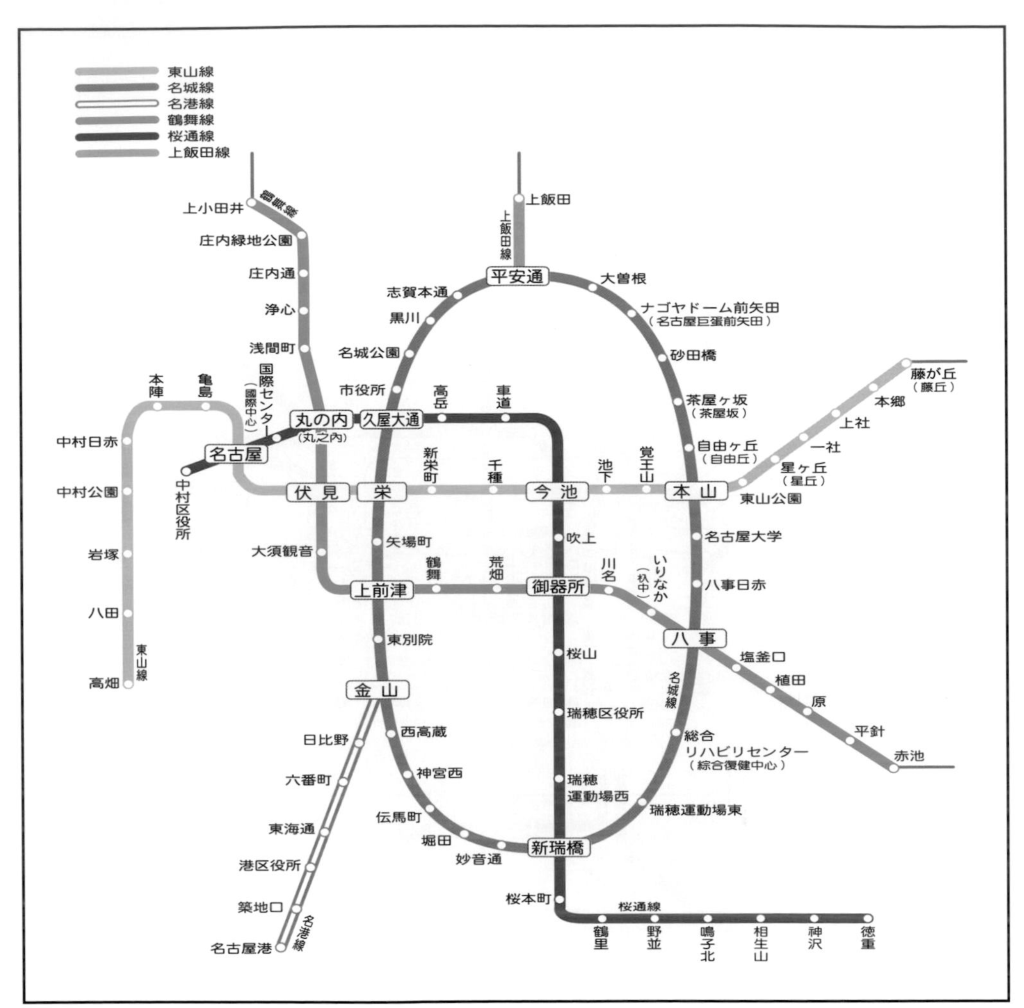
東山線
名城線
名港線
鶴舞線
桜通線
上飯田線
上小田井
鶴舞線
庄内緑地公園
庄内通
浄心
浅間町
上飯田
上飯田線
平安通
大曽根
志賀本通
ナゴヤドーム前矢田
（名古屋巨蛋前矢田）
黒川
砂田橋
名城公園
市役所
高岳
車道
茶屋ヶ坂
（茶屋坂）
本陣
亀島
国際センター
（國際中心）
丸の内
（丸之內）
久屋大通
藤が丘
（藤丘）
本郷
上社
中村日赤
名古屋
新栄町
千種
池下
覚王山
自由ヶ丘
（自由丘）
一社
星ヶ丘
（星丘）
中村区役所
中村公園
伏見
栄
今池
本山
東山公園
吹上
名古屋大学
岩塚
大須観音
矢場町
鶴舞
荒畑
川名
いりなか
（杁中）
八事日赤
上前津
御器所
八田
東別院
八事
塩釜口
桜山
植田
東山線
原
高畑
金山
名城線
瑞穂区役所
日比野
西高蔵
総合
リハビリセンター
（綜合復健中心）
平針
赤池
六番町
神宮西
瑞穂
運動場西
瑞穂運動場東
伝馬町
東海通
堀田
新瑞橋
妙音通
港区役所
桜本町
桜通線
築地口
名港線
名古屋港
鶴里
野並
鳴子北
相生山
神沢
徳重

京都電車路線圖

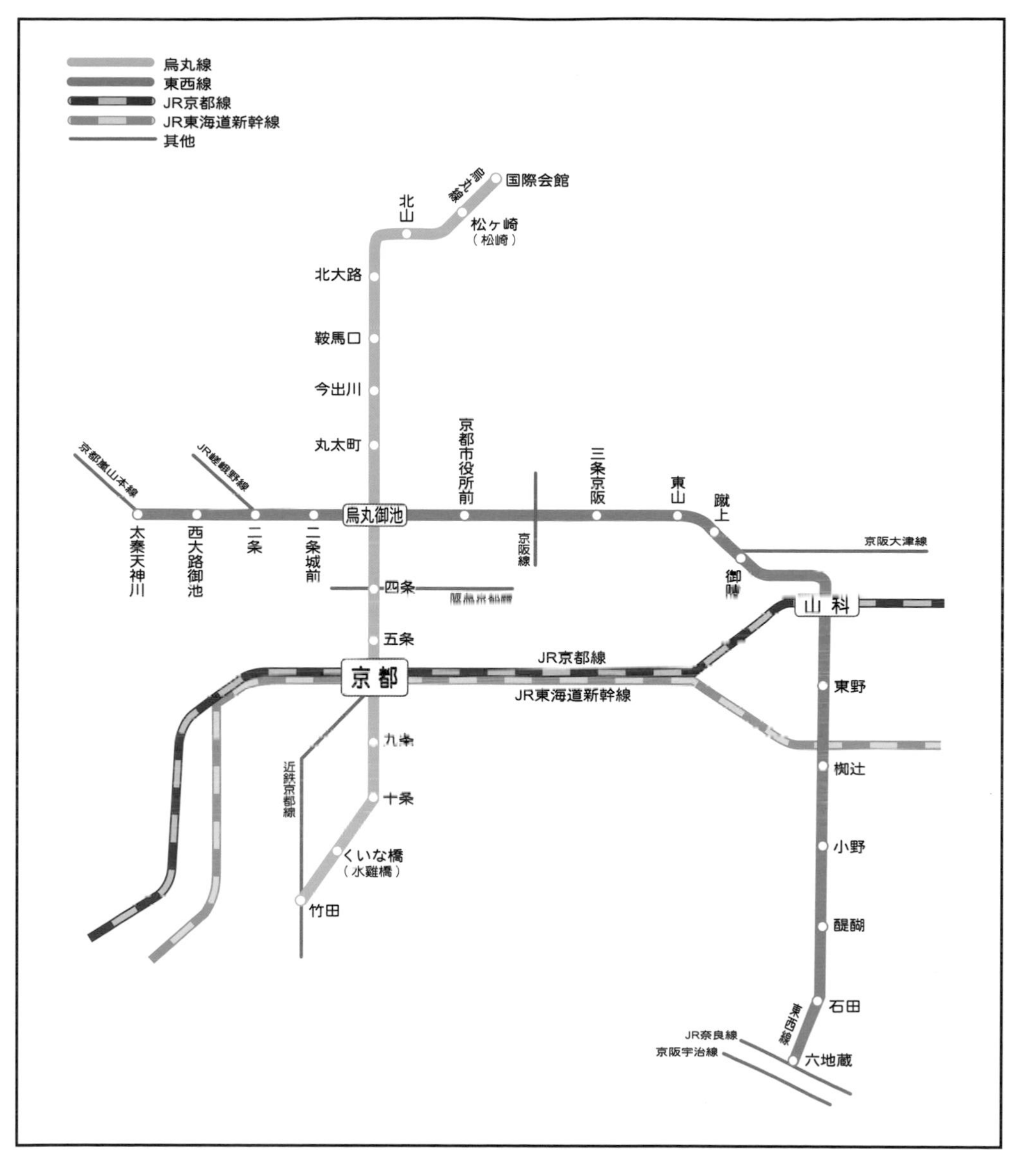
烏丸線
東西線
JR京都線
JR東海道新幹線
其他
國際会館
烏丸線
北山
松ヶ崎
（松崎）
北大路
鞍馬口
今出川
丸太町
京都嵐山本線
JR嵯峨野線
京都市役所前
三条京阪
東山
蹴上
京阪大津線
太秦天神川
西大路御池
二条
二条城前
烏丸御池
京阪線
四条
五条
山科
京都
JR京都線
JR東海道新幹線
東野
九条
近鉄京都線
椥辻
十条
くいな橋
（水雞橋）
竹田
小野
醍醐
石田
東西線
JR奈良線
京阪宇治線
六地蔵

福岡電車路線圖

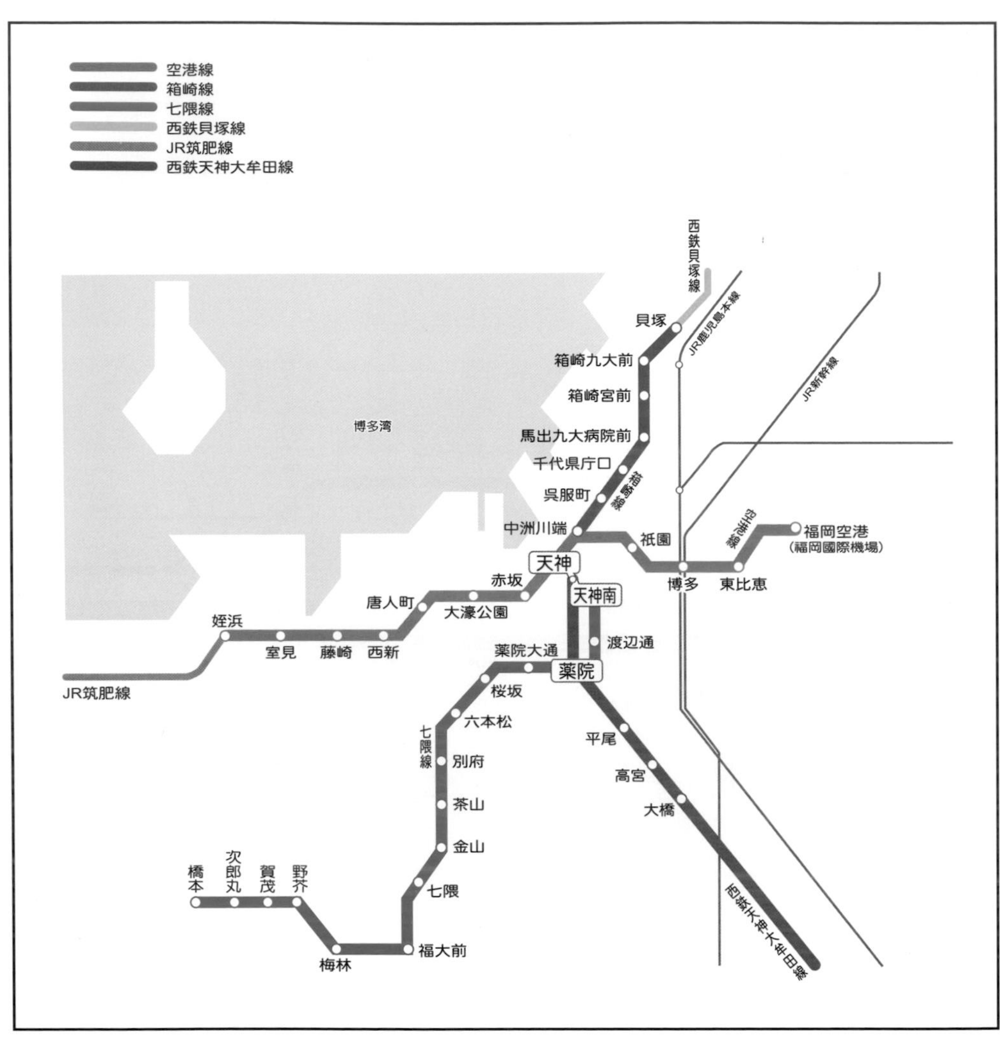
空港線
箱崎線
七隈線
西鉄貝塚線
JR筑肥線
西鉄天神大牟田線
西鉄貝塚線
JR鹿児島本線
JR新幹線
貝塚
箱崎九大前
箱崎宮前
馬出九大病院前
千代県庁口
呉服町
箱崎線
中洲川端
祇園
空港線
福岡空港
(福岡國際機場)
博多
東比恵
天神
天神南
赤坂
唐人町
大濠公園
姪浜
室見
藤崎
西新
JR筑肥線
渡辺通
薬院大通
薬院
桜坂
六本松
七隈線
別府
茶山
金山
七隈
福大前
梅林
橋本
次郎丸
賀茂
野芥
平尾
高宮
大橋
西鉄天神大牟田線
博多湾

札幌電車路線圖

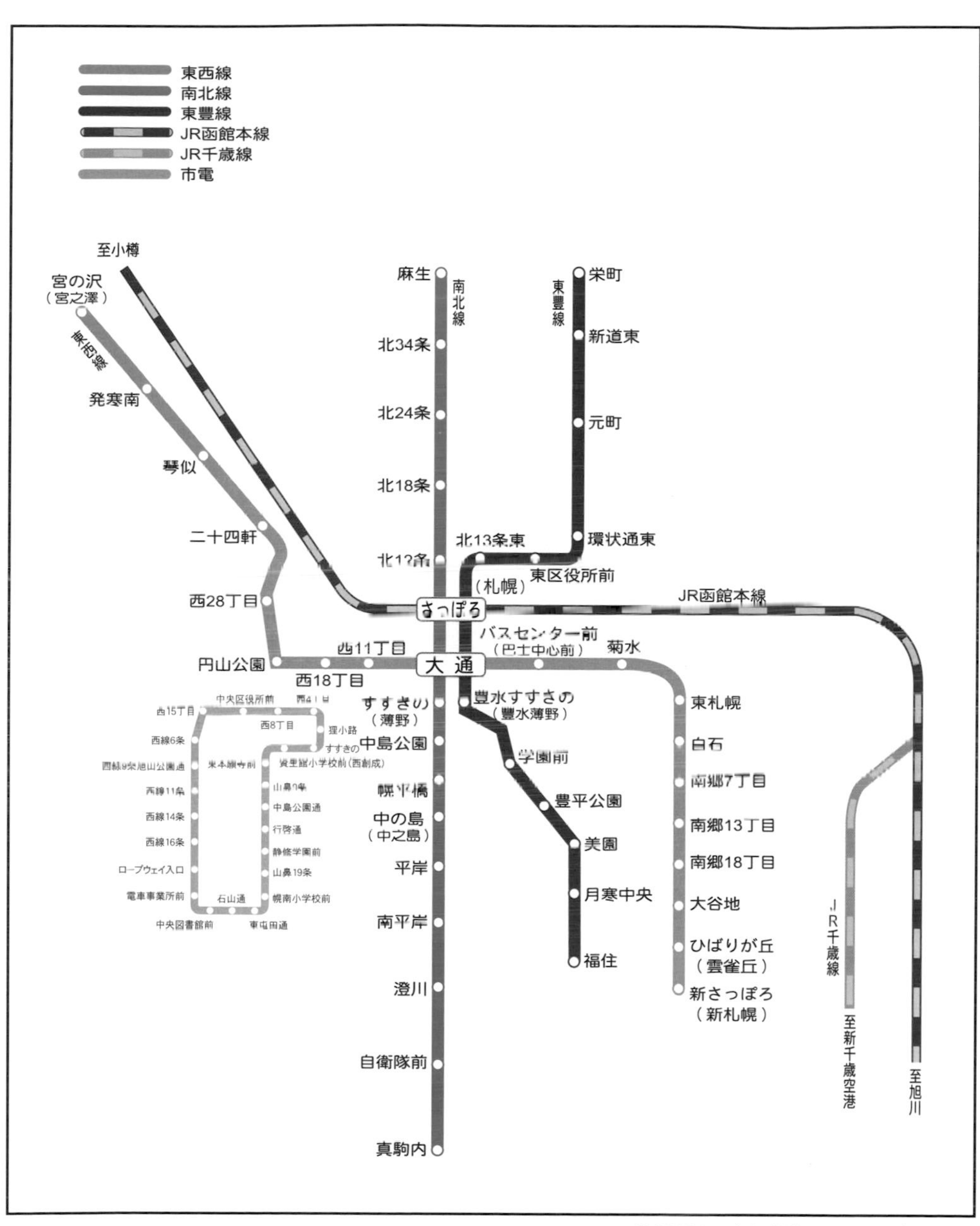

東西線
南北線
東豐線
JR函館本線
JR千歲線
市電
至小樽
宮の沢
（宮之澤）
東西線
発寒南
琴似
二十四軒
西28丁目
円山公園
西18丁目
西11丁目
大通
バスセンター前
（巴士中心前）
菊水
東札幌
白石
南郷7丁目
南郷13丁目
南郷18丁目
大谷地
ひばりが丘
（雲雀丘）
新さっぽろ
（新札幌）
麻生
南北線
北34条
北24条
北18条
北13条東
さっぽろ
（札幌）
すすきの
（薄野）
中島公園
中の島
（中之島）
平岸
南平岸
澄川
自衛隊前
真駒内
栄町
東豐線
新道東
元町
環状通東
東区役所前
豊水すすきの
（豐水薄野）
学園前
豊平公園
美園
月寒中央
福住
JR函館本線
JR千歲線
至新千歲空港
至旭川
西15丁目
中央区役所前
西8丁目
狸小路
すすきの
資生館小学校前（西創成）
西線6条
西線9条旭山公園通
西線11条
西線14条
西線16条
ロープウェイ入口
電車事業所前
石山通
中央図書館前
中島公園通
行啓通
静修学園前
山鼻19条
幌南小学校前

日語音韻表

〔清音〕

	あ段	い段	う段	え段	お段
あ行	あ ア a	い イ i	う ウ u	え エ e	お オ o
か行	か カ ka	き キ ki	く ク ku	け ケ ke	こ コ ko
さ行	さ サ sa	し シ shi	す ス su	せ セ se	そ ソ so
た行	た タ ta	ち チ chi	つ ツ tsu	て テ te	と ト to
な行	な ナ na	に ニ ni	ぬ ヌ nu	ね ネ ne	の ノ no
は行	は ハ ha	ひ ヒ hi	ふ フ fu	へ ヘ he	ほ ホ ho
ま行	ま マ ma	み ミ mi	む ム mu	め メ me	も モ mo
や行	や ヤ ya		ゆ ユ yu		よ ヨ yo
ら行	ら ラ ra	り リ ri	る ル ru	れ レ re	ろ ロ ro
わ行	わ ワ wa				を ヲ o
	ん ン n				

〔濁音・半濁音〕

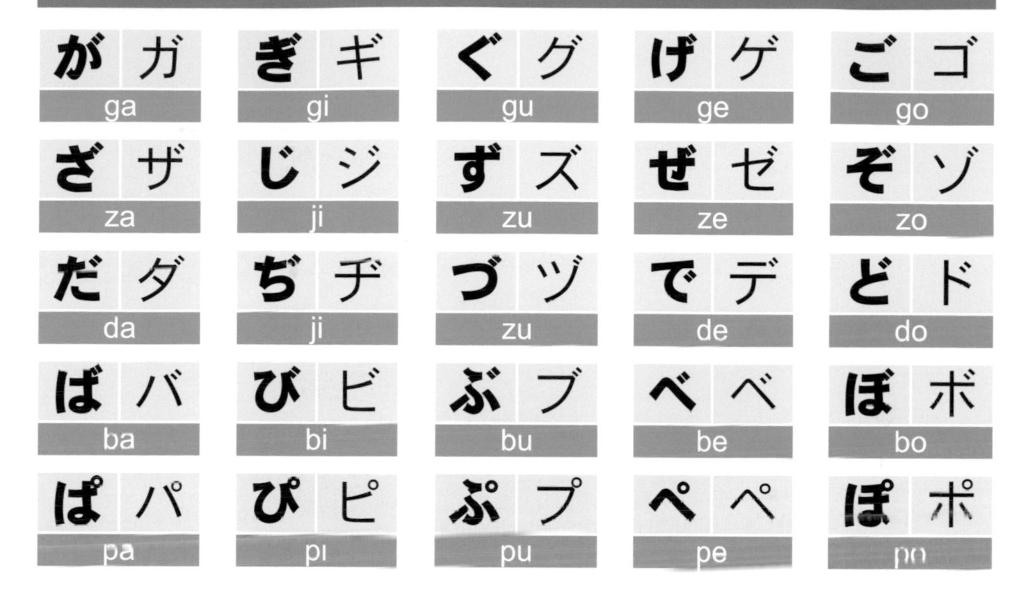

が ガ ga	ぎ ギ gi	ぐ グ gu	げ ゲ ge	ご ゴ go
ざ ザ za	じ ジ ji	ず ズ zu	ぜ ゼ ze	ぞ ゾ zo
だ ダ da	ぢ ヂ ji	づ ヅ zu	で デ de	ど ド do
ば バ ba	び ビ bi	ぶ ブ bu	べ ベ be	ぼ ボ bo
ぱ パ pa	ぴ ピ pi	ぷ プ pu	ぺ ペ pe	ぽ ポ po

〔拗音〕

きゃ キャ kya	きゅ キュ kyu	きょ キョ kyo	しゃ シャ sha	しゅ シュ shu	しょ ショ sho
ちゃ チャ cha	ちゅ チュ chu	ちょ チョ cho	にゃ ニャ nya	にゅ ニュ nyu	にょ ニョ nyo
ひゃ ヒャ hya	ひゅ ヒュ hyu	ひょ ヒョ hyo	みゃ ミャ mya	みゅ ミュ myu	みょ ミョ myo
りゃ リャ rya	りゅ リュ ryu	りょ リョ ryo	ぎゃ ギャ gya	ぎゅ ギュ gyu	ぎょ ギョ gyo
じゃ ジャ ja	じゅ ジュ ju	じょ ジョ jo	びゃ ビャ bya	びゅ ビュ byu	びょ ビョ byo
ぴゃ ピャ pya	ぴゅ ピュ pyu	ぴょ ピョ pyo			

memo

memo

memo

memo

國家圖書館出版品預行編目資料

開口說！日本旅遊全指南 / 林潔珏著
-- 初版 -- 臺北市：瑞蘭國際, 2018.07
208面；17×23公分 --（元氣日語系列；39）
ISBN：978-986-96580-5-8（平裝附光碟片）
1.日語 2.旅遊 3.讀本

803.18 107010597

元氣日語系列 39

開口說！日本旅遊全指南

作者、攝影｜林潔珏 ・ 責任編輯｜葉仲芸、王愿琦
校對｜林潔珏、葉仲芸、王愿琦

日語錄音｜こんどうともこ、鈴木健郎
錄音室｜采漾錄音製作有限公司
封面設計｜余佳憓 ・ 版型設計、內文排版｜陳如琪
照片校色｜余佳憓
美術插畫｜ Ruei Yang

董事長｜張暖彗 ・ 社長兼總編輯｜王愿琦
編輯部
副總編輯｜葉仲芸 ・ 副主編｜潘治婷
文字編輯｜林珊玉、鄧元婷 ・ 特約文字編輯｜楊嘉怡
設計部主任｜余佳憓 ・ 美術編輯｜陳如琪
業務部
副理｜楊米琪 ・ 組長｜林湲洵 ・ 專員｜張毓庭

法律顧問｜海灣國際法律事務所　呂錦峯律師

出版社｜瑞蘭國際有限公司 ・ 地址｜台北市大安區安和路一段 104 號 7 樓之一
電話｜ (02)2700-4625 ・ 傳真｜ (02)2700-4622 ・ 訂購專線｜ (02)2700-4625
劃撥帳號｜ 19914152 瑞蘭國際有限公司
瑞蘭國際網路書城｜ www.genki-japan.com.tw

總經銷｜聯合發行股份有限公司
電話｜ (02)2917-8022、2917-8042 ・ 傳真｜ (02)2915-6275、2915-7212
印刷｜皇城廣告印刷事業股份有限公司
出版日期｜ 2018 年 07 月初版 1 刷 ・ 定價｜ 350 元 ・ISBN ｜ 978-986-96580-5-8

瑞蘭國際

瑞蘭國際

瑞蘭國際

瑞蘭國際